光文社文庫

文庫書下ろし&オリジナル

京都哲学の道
こころばえの石売る店で

大石直紀

JN179302

光　文　社

目次

京都哲学の道　こころばえの石売る店で

プロローグ

ガラガラと音を立ててガラスの引き戸を開け、外に出ると、風折光司《かざおりこうじ》は、あまりの寒さに思わず身をすぼめた。

二月初めの午前八時半。京都の朝の底冷えは厳しい。

京都市左京区浄土寺《じょうどじ》――。「哲学の道」にほど近い坂道の途中に、光司の店はある。間口は二間《けん》（約三・六メートル）ほど。周辺には住宅地が広がっており、目指して来ても、正確な場所を知らなければ通り過ぎてしまうようなささやかな店だ。

「おはようさん」

道路の向こう側で声がした。

斜向《はす》かいにあるカフェ「櫻《さくら》」の前で、店主の松本櫻子《まつもとさくらこ》が掃き掃除をしていた。光司より十歳年上の七十二歳だが、防寒着なしのセーターとデニムのパンツ姿で、足にはサンダルをつっかけているだけだ。

「おはようございます。相変わらず元気やね」

「それだけが取り柄やさかいな」

「ご謙遜を」

真っ白な髪は無造作にまとめて後ろでひっつめ、化粧もしていないが、櫻子の顔にはほとんどシミがなく、たるみもなく、目鼻立ちもくっきりしていて、七十代とは思えないほど若々しい。評判の美人ママだ。

光司のほうは、白髪交じりのボサボサ頭で無精髭《ぶしょうひげ》、薄い眉に垂れ気味の細い目、そして、ひょろりとした長身——。やさしそうだが、頼りにはなりそうもない初老のおじさんといった感じか。

いったん中に引っ込むと、光司は、キャスター付きのワゴンを運び出した。店の玄関横にそれを置く。

ワゴンの中に置かれているのは「石」だ。

『今月のお買い得品　ポリクローム・ジャスパー（風景に見える石）　マダガスカル産一個千円（破格！）』

まん丸やハートや魚のような形をした、手の平に載るほどの大きさのつやつやした石の表面に、色とりどりの模様が浮かんでいる。それは、人が手を加えていない自然が生み出した不思議な絵で、確かに風景のように見える。

「それ、いくつ売れたんや」

「ゼロ」

櫻子に向かって、光司は肩をすくめた。

「なあ、光司さん」

ため息交じりに櫻子が続ける。

「前々から言おうて思ってたんやけど、もうちょっと店構えなんとかするとか、考えたほうがええんちゃうか？　今のままやったら、なんの店かもわからへんで」

光司は、自分の店を振り返った。

二階建ての古い木造住宅で、一階が店舗になっている。元々は米屋だったらしく、そこをそのまま使っているため、店自体は、味もそっけもない。なにかの店だと示すものがあるとすれば、ガラスの引き戸の横に掛けられた、「石屋」という小さな木の看板だけだ。

それに比べて、櫻子のカフェは、なかなか洒落《しやれ》ている。こちらも二階建ての古い木造住宅で、やはり一階部分が店舗だ。元々カフェ兼住居だった建物を櫻子が居抜きで借りているのだが、年寄りから若者まで気軽に立ち寄ることができる店を目指して、知り合いの助けを得て自力で改装したのだという。

クリーム色の外壁、すりガラスの入った重厚な感じの木製ドア、太い木枠で囲まれた大きな窓——。窓の下の壁には、濃い緑や青など様々な色のタイルが埋め込まれ、その下に置かれたプランターには、今は、真っ赤なデイジーや真っ白なノースポールなどの花が植えられている。

「だいたい、あんた、今のまんまで食べていけるんか？」

櫻子はあきれ顔だ。

「まあ、店で売れんでも、お得意さんから注文入ることもあるし、ネットでも多少の売り上げはあるし——」

「医者に戻ったらどないや。今の何十倍も稼げるやろに」

真剣に言う櫻子に、苦笑いだけを返す。

光司は元精神科医だ。でも、もう医者に戻ることはない。

「あとで昼ごはん食べに行くから」

軽く手を振ると、光司は店の中に戻った。

引き戸の内側は八畳ほどの広さの土間になっており、そこに昔の駄菓子屋にあったような背の低いショーケースが、真ん中の通路を挟んで左右に三つずつ並んでいる。中に陳列してあるのは、様々な種類の化石や天然石、鉱物だ。そのほとんどが手の平に載るほどの大きさで、安いものは数百円、高いものだと十万円近くする。

狭い三和土《たたき》を上がり、廊下のすぐ右手にある襖《ふすま》を引く。そこは六畳の和室で、壁に沿って様々な大きさと種類の棚がぐるりと置かれている。ガラスが入った食器棚のようなものもあれば、大きな本棚のようなもの、安っぽいカラーボックスもある。中に入っているのは、店に出しきれない石だ。

そんな棚の間に、小さな仏壇が置いてある。遺影は、光司の伯父の太一郎《たいちろう》だ。写真の伯父は、楽しそうに笑っている。

この「石屋」は、元々伯父が五十年近く前に始めた店だった。七年余り前に亡くなったのをきっかけに、光司が引き継いだ。

仏壇の前に正座すると、光司は、目を閉じ、遺影に向かって手を合わせた。別に信心深いわけではない。毎朝、感謝の気持ちを伝えるのが日課になってしまった。今、こうして光司が正気で普通に生活できているのは、伯父のおかげなのだ。

目を開けたとき、微《かす》かにスマホの着信音が聞こえてきた。上からだ。二階に置いたままにしていた。

慌てて部屋を出て廊下を奥に進み、階段を二階に上がる。道路側の広い部屋が寝室兼書斎だ。木製の古いドアを引き開け、窓際に置いたデスクに歩み寄る。

スマホを取り上げて画面を見ると、知らない番号だった。

名乗らずに電話に出る。

〈風折光司さんですか？〉

中年の男の声がした。

「はい」

〈朝早くにすみません。私、弁護士の水上《みずかみ》と申します〉

――弁護士？

嫌な予感がした。

「どういうご用件でしょうか」

〈実は――、大橋瑠璃子《おおはしるりこ》さんについてなんですが〉

光司は顔をしかめた。二度と聞きたくない名前だった。

〈大橋さんは、今、重い病気で入院されていまして、亡くなる前に風折さんに会いたいとおっしゃっているのですが〉

――瑠璃子が、私に会いたがっている……。

スマホを握る手が震えた。

無意識のうちに、デスクの奥に目が向く。

そこには、額に入った二枚の写真が置いてある。一枚は、娘のめぐみが中学二年生のとき、光司が撮ったスナップ写真。もう一枚は、めぐみが小学校を卒業するとき、校門の前で撮った家族写真だ。めぐみを真ん中に、光司と妻の葉子《ようこ》が並んで立っている。

写真の中では、みんな、幸せそうに笑っている。

〈もしもし、風折さん、もしもし――〉

男の声が、耳の奥でこだまのように響いた。

雪の訪問者——恐竜のうんちの化石

1

ベッド脇の床で仰向《あおむ》けに横たわる妻の貴美《たかみ》を、小林和輝《こばやしかずき》は、呆然《ぼうぜん》としながら見下ろした。

唇を半開きにしたまま、妻はぴくりとも動かない。

顔の前で両手を広げる。わずか数秒前の出来事なのに、この手で自分がしたことが信じられなかった。

しかし、とんでもないことをしでかしてしまった、という思いと同時に、心を覆っていた闇が晴れているのを和輝は感じた。気持ちがふわふわと軽くなっている。

それだけではない。

——腰の痛みが消えている。

この三ヶ月間、原因不明の腰痛に苦しめられていたのに、それが、きれいさっぱりなくなっている。ついさっきまで、トイレに行くにも両手で壁を伝い、足を引きずるようにして歩かなければならなかったのに、まるで痛まない。身体《からだ》が元に戻っている。

ただ、今はそれを喜んでいる場合ではない。

自首しようとまず思った。しかしすぐに、それでいいのか——、と自問した。

今日は預かり保育の日だから、幼稚園の送迎バスに乗って息子が帰ってくるのは、午後五時過ぎ。家族のお迎えが所定の場所に来ていない場合、まず妻の携帯、そして自分の携帯の順に電話がかかってくるはずだ。それでも連絡がつかなければ、都内に住む妻の両親に報告がいく。娘夫婦に連絡がとれないことを不審に思った両親がマンションに駆けつけるまで、どのくらい時間がかかるだろう。一時間か、二時間か。

いずれにせよ、午後六時前に妻の死が発覚することはないはずだ。まだ午前八時半だった。

足元には、妻が投げ捨てたA４サイズの茶封筒、その中に入っていた便箋とチラシが落ちている。それを拾い上げながら、充分に時間はある、と和輝は思った。

妻をこのままにしておくことに罪悪感はある。でも、警察に身柄を拘束されてしまう前に、どうしても行っておきたい場所があった。もうさっきまでの自分ではない。難なく歩くことができるのだ。

——すまない。

妻に向かって心の中で謝ると、せめてなるべく死体が傷まないようにと思い、リモコンを操作して、エアコンを暖房から冷房に切り替えた。

ベッド脇から離れ、クローゼットに向かう。パジャマからカジュアルな服装に手早く着替えると、和輝は、ダウンジャケットと棚の上のビジネスバッグを手に寝室を出た。

和輝ひとりだけが使っている寝室は、床には埃《ほこり》が目立ち、ソファには洗濯物が畳まれずに積み上げられたままになっているが、リビングは塵《ちり》ひとつなく、きれいに片づけられている。家族以外の人間でも立ち入ることがある場所は、どんな精神状態のときでも、妻は掃除を欠かさない。ほんの数ヶ月前までセレブともてはやされていた妻の見栄だろう。

ダイニングテーブルの上にビジネスバッグを置き、中を確かめる。入っているのは、クレジットカードなど数枚のカードが入った財布と、名刺入れだけだ。そこに、便箋とチラシを戻した茶封筒をしまう。

スマホが寝室にあることに気づいたが、取りに戻るのはやめた。死体がある場所に引き返すのはためらわれたし、今の自分には必要ない。

バッグを持って玄関に向かいかけたとき、ふと壁際に置かれたサイドボードの上の写真が目に入った。フレームの中で、息子の賢人《けんと》が満面の笑みを浮かべている。

写真に目を向けたまま、和輝は動けなくなった。息子の笑顔を見て、激しく動揺した。

仕事をしていたときは、ほとんど寝顔しか見ることができなかったし、ずっと家にいるようになってからは、「パパは病気だから」と、近づくことを妻が止めた。父親らしいことは何ひとつしてやれなかった。賢人のことを思うと、胸が張り裂けそうだ。

無理やり写真から目を背け、再び歩き出す。

靴を履いているとき、妻のスマホの着信音が鳴り始めたが、和輝は、そのままマンションを出た。


車を運転するのは、二ヶ月ぶりだった。腰痛がひどくなってからは、シートにじっと座っていることさえ苦痛だったからだ。

世田谷《せたがや》から、横浜市の郊外に向かって車を走らせる。

和輝の頭の中では、これから会う相手に何を言うか、何をするか、ずっとシミュレーションが繰り返されていた。

目的の家の玄関前に車を停め、門扉についたインターホンのボタンを押す。

〈カズちゃん？〉

ほどなく、スピーカーを通して女性の声が応えた。

〈どうしたのよ、突然〉

全身が震えた。

この世で一番憎悪する人物。

母だった。

2

「マザコンの男が、お母さんのことを大好きやってことはないですよ」

コーヒーをひと口飲むと、光司が言った。

「そうなんですか？」

答えたのは、テーブルを挟んで向かい側の席に座っている小林幸恵《ゆきえ》だ。

櫻子は、洗い物をしながら、カウンターの内側でふたりの会話に耳を傾けていた。

「弟は母にべったりで、とても仲がよさそうに見えますけど」

「上辺は、まあ、そう見えることが多いですけどね。マザコンいうんは、母親が大好きな男のことやなくて、大人になっても母親に支配され続けてる男のことなんです。弟さんがほんまにマザコンやとしたら、心の奥底では、お母さんのことを嫌っているかもしれませんん」

面白そうな話になってきた。櫻子は、洗い物の手を止め、耳を澄ませた。

幸恵は、「型絵染《かたえぞめ》」という伝統技法を用いる染色工芸作家で、数日前から近くのギャラリーで個展を開いている。個展は三年ほど前から定期的に開いているのだが、たまたま入ったこの店の雰囲気が気に入ったようで、個展の期間中は、必ずといっていいほど毎日ランチタイムにやって来るようになった。

店内は、四人掛けのテーブルが三つと、カウンター席が五つだけ。木製のテーブルと椅子は、いくつかの古物商などを回って櫻子の知り合いが集めてきてくれたものなのだが、不揃いながらも、楢《なら》の木のフローリングと相まって独特の風味がある。壁際に置いた棚には、骨董市で櫻子が買い求めてきた年代物の花瓶やスタンド、食器類、テーブルクロスなどが飾ってあり、それがレトロな雰囲気を醸し出している。幸恵の「型絵染」も、その「レトロ可愛い」作風が人気だという。櫻子と趣味が合うのかもしれない。

光司は、ほとんど毎日昼食にやって来るので、幸恵とも顔見知りになり、親しく言葉を交わすようになった。

今日は昼前から大雪になり、ギャラリーに客は来そうにないというので、幸恵は、食後にのんびり光司と話を始めた。光司の店は天気に関係なく暇だから、何時間話し込んでも問題はない。今、カフェにいる客はふたりだけだ。

「母のほうはどうなんでしょう。弟のことを愛してるんでしょうか」

「いえ、そうとは限りません。息子を支配しようとする母親は、愛してるからあれこれ口を出すわけやないんです。息子のことを、自分を幸福にする道具みたいに考えてることもあります。

そういう母親は、自分の人生に不満を持ってることが多いんですけどね——、自分自身で幸福になる努力をしないで、代わって息子に幸せにしてもらおうとするんですよ。自分が産んだ子なんやから、それが当然やと思ってるんです。まあ、幸恵さんのお母さまがそうかどうかはわかりませんけど」

「へえ」

幸恵は、真剣な表情でうなずいている。

元々は、櫻子が「個展に家族は来ないのか」と幸恵に尋ねたのが話の始まりだった。幸恵は独身だが、横浜と東京に両親と弟が住んでいると聞いたことがあった。

父は何度か来てくれたことがあるが、母と弟とは絶縁状態で、一度も作品を見に来てくれたことはないと幸恵は答えた。母とは元々そりが合わず、母の操り人形のような弟とも次第に疎遠になったという。弟は母が大好きで、子どもの頃からずっと母の言うことに従ってきた、とんでもないマザコンなのだと、幸恵は付け加えた。

それに対して、光司が、マザコンについて説明を始めたのだ。

「風折さん、マザコンのこと、ずいぶんお詳しいんですね」

ただの石屋のオヤジではないとわかったのだろう、

「どうしてですか？」

興味津々といった様子で幸恵は尋ねた。

困ったな、というように苦笑いを浮かべると、

「私、以前は精神科医やったんです」

遠慮がちに光司は告げた。

自分の過去について、光司はあまり話したがらない。

光司が精神科医だったのを櫻子が知ったのは偶然だった。数年前、大学の同級生だという男性といっしょに店に来たとき、「医者に戻る気はないんか」という同級生の言葉が、偶然耳に入ったのだ。

光司の伯父の太一郎は、生前、光司について、「事情があって仕事を辞めなければなら

なくなり、家族とも離れて暮らすことになったので、当分の間石屋を手伝ってもらうことになった」と話していた。「家族のことや、ここに住み始めた理由は、本人が話す気になるまで訊かないでほしい」とも言っていた。何か複雑な事情がありそうだったが、太一郎はそれ以上のことは話してくれなかったし、櫻子も尋ねなかった。

それにしても、辞めた仕事というのが医者だとは思ってもいなかった。同級生が帰ったあとでそれとなく訊くと、精神科医だったと教えてくれた。ただ、何故《なぜ》医者を辞めたのかは、やはり話してくれなかった。

「精神科医、ですか……」

幸恵は驚いたようだ。医者と石屋──。似ているのは言葉の響きだけで、何の繫《つな》がりもない。

「変わりモンなんですよ」

助け舟のつもりで、櫻子は口を挟んだ。

光司には、触れられたくない過去があるのだと思う。それは櫻子も同じだ。だから、光司の気持ちは何となくわかる。

「幸恵さんのお母さんて、自分の人生に不満を持ってる感じなん？」

櫻子は、話題を変えた。

「そうですね。不満の塊みたいな人です」

吐息交じりに幸恵が答える。

「母は、元々東大コンプレックスなんです。祖父もふたりの伯父も東大なんですけど、母だけ行けなかったんです。結局一浪して慶應に入ったんですけど——」

「慶應やったらええやんか。贅沢やな」

「でも、母は不満で。もう一年浪人してでも、東大に行きたかったみたいです。でも二浪は許してもらえなくて……。当時どれだけ悔しかったかってことを、ずっと言い続けてました。バカみたいな話ですけど、母にとっては人生最大の挫折だったんでしょうね」

「幸恵さんのお父さんは？　やっぱり東大なん？」

「そうです。母は、大学卒業後も思ったところに就職できなくて、そのことでもしょっちゅう不満を言ってるんですけど——、結局、銀行に就職して、そこで父と知り合ったんです。同期入社だったそうです」

「配偶者も東大卒って決めてたんやろか」

櫻子はあきれた。

「——てことは、幸恵さんも、お母さんから東大行くように言われてたんか？」

「はい。でも、私はドロップアウトしました。私が小学六年生のときから四年間、父が二ユーヨーク勤務で、家族で住んでたんですけど……。そのときにね、目覚めちゃったんですよ。自由な生き方みたいなことにですけど」

「ニューヨークに影響されたん？」

「そうです」

櫻子に向かって、幸恵は微笑《ほほえ》んだ。

「ちょうど多感な年頃でしたからね。ニューヨークの影響は絶大でした。街も人も刺激的で、自由で、楽しかった。日本人学校に通ったんですけど、地元のスイミングクラブとか美術クラブとかに入ってたから、アメリカ人の子どもたちともたくさん知り合って、いろんな人種や文化的な背景を持ってる人たちと接して、どんどん考え方が変わっていったんです。その頃から、母親に対する反抗が始まりました。弟は四つ年下で、危ないからってひとりで出歩かせてもらえなかったから、逆に、ますます母親べったりになった感じかな」

中学卒業と同時に帰国し、横浜の進学校に入学したが、勉強より美術に傾倒していったという。それも、日本固有の芸術に興味を持った。外国で暮らした影響かもしれないと幸恵は言った。

「お父さんも東大信奉者なん？」

「いえ、違います。父は、私の気持ちを理解してくれました。ただ、父にも問題が起きてしまって……」

「問題て？」

「帰国してから、父は、人事部に配属になったんですけど、ちょうど銀行再編の大波が来てるとこで、猛烈に仕事が忙しくなってしまって……、しかも、リストラをしなきゃいけなくなって、組合と対立したりして——、精神的に追い詰められたんでしょうね。ある日、突然会社に行けなくなってしまって——、家に引きこもるようになりました。うつ病です」

ようやく仕事に復帰できるようになると、部署を異動になり、その後、地方の関連企業に出向になった。今は、三重県に単身赴任しているという。

「父は出世コースから外れるし、娘も言うことをきかなくなるしで、母は、ますます弟に執着するようになったんです」

幸恵は、受験に失敗して浪人している間に、母親に内緒でアルバイトをしてお金を貯め、家出同然で京都に向かった。型絵染師に弟子入りするためだった。父の援助で小さなアパートを借り、アルバイトをしながら工房の仕事を手伝った。そして、三十歳になる前に独立した。その間に、弟は、東大を卒業して大手の商社に入社し、順調にエリートコースを歩んでいた。

「それが――」

そこまで話してから、幸恵は眉をひそめた。

「この前父から連絡があったんですけど、弟は、何ヶ月か前から原因不明の腰痛が始まって、会社にも行けなくなって……、今はほとんど家に閉じこもってるらしいんです」

「腰痛て……、弟さん、いくつなん？」

「三十二、かな」

「そんな若いのに？」

「腰痛にはいろんな原因があるんや」

それまで黙っていた光司が口を挟んだ。

「骨とか筋肉とかに異常がなかったら、内臓の病気かもしれへんし、もしかしたら、心因性いうこともある。検査はしたんでしょう？」

「何度もしたようですけど……、弟とは直接連絡を取ることがないので、詳しいことは――」

そこまで話したとき、テーブルの上に置いた幸恵のスマホが着信音を鳴らした。

「すいません」

立ち上がって店の奥に歩きながら、スマホを耳にあてる。

「お父さん、どうしたの？」

単身赴任中の父親からのようだ。

「え？」

驚きの声を上げると同時に、足が止まった。

光司のほうを振り返る。話を聞きながら、その表情が歪《ゆが》んでいく。

「わかった。すぐ行く」

それだけ告げると、幸恵はスマホを切った。

「父からです。弟がとんでもないことを——」

櫻子は、光司と顔を見合わせた。

3

新横浜駅で新幹線に乗り、座席に落ち着くと、急に眠気が襲ってきた。

腰痛が始まってからは、不眠にも悩まされてきた。睡眠薬を大量に服用しても、数時間で目が覚めるという日々が続いていた。でも、今は違う。

車内の温もりが、忘れかけていた自然の眠気を誘う。瞼《まぶた》が重く、身体に力が入らない。意識が薄くなる。

いつの間にか、和輝は眠りに落ちていた。

——カズちゃんは、本当にお利巧ねえ。

母の声が聞こえた。

——ママの言うとおりにしていれば、絶対幸せになれるからね。

——あの子は絶対にダメ。結婚相手はママが見つけてあげるから。

母は笑っている。

唇を吊り上げ、目を見開いて、ケラケラと楽しげに笑っている。

そこで、ハッと目が覚めた。

脳裏には母の笑顔が残っている。目を閉じ、首を振って、その残像を追い払う。

新幹線は、岐阜羽島《ぎふはしま》駅にさしかかっていた。横浜を出たときは快晴だったのに、いつの間にか雪模様になっている。

眠気は吹き飛んでいた。それからは、何も考えないように、車窓を流れる雪景色だけをぼんやり眺め続けた。

新幹線は、午後二時過ぎに京都駅に到着した。外は、横殴りの大雪になっている。

駅前のタクシー乗り場には、長い行列ができていた。タクシーに乗るのはあきらめ、チラシに記された案内に従って、バス乗り場に向かう。

幸いなことに、待ち時間は五分ほどで済んだ。

車内の暖房で身体が温まり始めたとき、積もり始めた雪の上を、のっそりとバスは動き出した。

東本願寺《ひがしほんがんじ》がある烏丸通《からすまどおり》を北上し、京都市随一の繁華街である四条通《しじょう》に入ったところで、バスは動かなくなった。雪による渋滞だ。

考えたくなくても、母のことが頭に浮かんだ。


幼い頃は、母の笑顔を見たくて頑張った。

母は、全てを与えてくれた。そのかわり、和輝の人生、全てを支配しようとした。

和輝は、母の要求に応えた。自分が望んだ行動をとらなかったり、テストなどで結果が出せないとき、母は、声こそ荒らげないものの、ぐちぐちねちねちと責め続けた。そして、「お母さんをがっかりさせないでね」と言いながら涙を流し、最後に強く抱きしめた。

母に疑問を持ったことがないわけではない。ただ、逆らったことは一度もない。

何か問題が起きると、母は、いつでもどんなときでも、助けに飛んできてくれた。何があっても、母は、最後には絶対に自分の味方になってくれる――。物心ついたときから、そう思い込まされてきた。和輝にとって、母は守護神でもあった。

すると、今度は姉の顔が浮かんだ。

四つ違いの姉は、いつも不満げに口を尖《とが》らせ、母と衝突していた。そして、大学浪人中に「自分がやりたいことをやる」と宣言し、実家を離れた。

――あんたを見てるとイライラする。あんたには、自分ってものがない。母さんの操り人形にしか見えない。

家を出て行く前、姉は、まだ中学生だった和輝に向かってそう言い放った。

受験に失敗して逃げ出す、ただの負け犬の遠吠えだと思った。自分をバカにする姉を、和輝は嫌悪した。

目標通り東大に現役で合格し、トップクラスの成績で卒業すると、世界中を飛び回るようなスケールの大きな仕事をしてほしい、という母の希望で、大手総合商社に就職した。三年間の海外勤務を経て本社に戻ったときには、早くも将来の幹部候補と見なされるようになった。二十七歳のとき、母がお膳立てした見合いをして二つ年下の女性と結婚し、息子をもうけた。順風満帆な人生のはずだった。

ところが、とんでもないことが起きた。

——なんてことをしてくれたんだ！

突然、上司の声が頭の中で響いた。

顔を真っ赤にして上司は怒鳴っている。和輝のミスが原因だった。三ヶ月前のことだ。

当時は、任されていた大きなプロジェクトが佳境を迎えており、昼は日本国内を飛び回り、夜は取引相手国のビジネスタイムに合わせてリモート会議を繰り返していた。何日も徹夜が続いた。

そして、取引先の代表の来日が決定し、こちらも社長他幹部が同席の上、契約を交わそうというとき——、和輝は、あり得ないミスを犯した。契約日を誤って相手側に伝えていたのだ。航空券もホテルも来日後の予定も、全て誤った日程で組んでいた。

何重ものチェックがあったはずなのに、社内では間違いに気づかれなかった。和輝の指示だからと誰も疑いを持たなかったのか、単純過ぎて見過ごしてしまったのか。あるいは、誰かが和輝を陥れようとしたのか。

契約はなんとか成立したが、次に控えていたプロジェクトからは外された。普段、尊大不遜な態度をとっている和輝に対して、周りの社員の目も冷ややかになった。生まれて初めて味わう大きな挫折だった。ずっと開いていたカーテンが、目の前でいきなり閉じられたような感覚だった。自分の周りは、真っ暗になってしまった。

腰に痛みを感じ始めたのは、その頃からだ。市販の薬を呑《の》んでも効かず、痛みは日増しに強くなっていった。

まず整形外科を受診した。ふたつの病院にかかったが、どこにも異常はないと診断された。内臓疾患かもしれないと言われ、次に内科を受診した。やはり病気は見つからなかった。

疲れやすく、集中力が続かなくなった。それまでは、何日徹夜が続いても平気だったのに、半日の勤務でへとへとになった。数時間デスクワークしただけで、疲労感と腰の痛みで椅子から立ち上がることすらできない。それでもなんとか出社はしていたが、まともに仕事ができる状態ではなかった。次第に休みがちになり、上司にうながされて、とうとう休職することになった。一週間前のことだ。

出世争いから脱落しただけでなく、会社にすら行けなくなった夫に対し、妻は容赦がなかった。これからずっと自分と息子に肩身の狭い思いをさせる気かとなじり、検査しても異常が見つからないことから、仮病ではないのかと問い詰めた。

言葉を返す気力はなかった。和輝は、ただ黙って妻の罵声を聞いた。

気がつくと、バスは、平安神宮《へいあんじんぐう》の巨大な赤い鳥居の前にさしかかっていた。腕時計に目を落とす。時刻は、三時を回ったところだった。事件はまだ発覚していないはずだ。時間には充分余裕がある。

それから十分余りで、バスは、目的の「浄土寺」のバス停に到着した。

雪は降り続いている。バスを降りると、暖房で温まっていた身体が一気に凍りついた。近くのマンションの玄関先で雪を避《よ》けながら、チラシを見て目指す場所を確認する。

ダウンジャケットのファスナーを一番上まで引き上げると、和輝は、東方向に歩き始めた。視線の先には、「五山の送り火」で有名な大文字山《だいもんじやま》が見える。山の斜面はすでに半分雪に覆われているが、なんとか「大」の文字は読み取ることができる。

両側に民家やマンションが建ち並ぶ細い道を進み、川を渡ってしばらく行くと、緩やかな上り坂になる。坂道は「哲学の道」に繋がり、目的地はその手前にある。

坂道を上り始めたところで、すぐに息が上がった。三ヶ月前からまともに身体が動かなくなり、この一週間はほとんどベッドの上の生活だった。体力が落ちている。そのわずかな体力も、午前中で使い果たしてしまったのかもしれない。腰は痛まないが、重りをつけられたように足が動かない。頭も霞《かすみ》がかかったようだ。

目的地まで、あと百メートルほどしかないはずだった。

和輝は、歯を食いしばって進もうとした。しかし、身体が悲鳴を上げていた。

降りしきる雪の中で、和輝は立ち止まった。わずか数センチ積もっているだけなのに、雪の中から足を引き抜くことができない。

ふと顔を上げると、目の前にカフェらしい店があった。ドアの横に、「櫻」と筆文字で書かれた木の突き出し看板が見える。必死で足を動かし、喘《あえ》ぐようにしてドアの前にたどり着いた。

4

櫻子は、客のいない店のテーブル席で雑誌を広げていた。

幸恵は横浜に向かい、光司も自分の家に戻った。大雪で客も来ない。

窓の外に目を向ける。予報ではそろそろ止《や》むはずなのだが、雪はまだ降り続いている。

ひとつため息をつくと、櫻子は雑誌を閉じた。まだ三時半だが、今日はもう店じまいにしようと決めた。よっこらしょ——、とつぶやきながら立ち上がる。

そのとき突然ドアが開き、風といっしょに雪が吹き込んできた。雪だるまのようになった若い男が入って来る。

ぎょっとして立ち尽くす櫻子には目もくれず、足をもつれさせながら一番近いテーブルに向かうと、男は、精も根も尽き果てたというように椅子に腰を下ろした。

櫻子は、慌てて男に歩み寄った。

「大丈夫ですか？」

声をかけても、男は顔を上げない。

「大丈夫です」

うつむいたまま、消え入りそうな声で答える。寒さのためだろう、唇は青ざめ、全身がガクガク震えている。

櫻子は、まずエアコンの温度を上げ、店で用意しているタータンチェックのひざ掛けを男に渡した。

礼を言って受け取り、足を覆うと、男は、ホットコーヒーを注文した。そのままぐったりと椅子の背にもたれる。

カウンターの内側に入り、改めて男に目をやる。やはり、ひどく具合が悪そうに見える。光司を呼んだほうがいいだろうか、と櫻子は思った。

数年前――、光司が元医者だと知った直後だったが、店で客が倒れたことがあった。原因は貧血だったが、そのときは、飛んで来てくれた光司の適切な処置のおかげで、大ごとにならずに済んだ。それ以来、櫻子は、何かにつけて光司を頼りにすることが増えている。

様子をうかがいながら、櫻子はコーヒーを淹《い》れた。男は、相変わらず力なく椅子の背にもたれている。

カウンターから出て男の前にカップを置き、背中を向けたとき、ガタッという音がした。驚いて振り返ると、男がテーブルに突っ伏していた。両腕の間に顔をうずめている。

「お客さん」

呼びかけたが返事はない。呻《うめ》き声が聞こえてきた。

「お客さん、お客さん」

呼びかけながら肩を叩くが、反応はない。

――こりゃ、いかん。

櫻子は、カウンターの上に置いていたスマホを取り上げた。

数度のコールのあと、光司が出た。事情を話すと、すぐに来てくれるという。男は突っ伏したままだ。

一分もしないうちにドアが開いた。櫻子と視線を交わすと、光司は、背中を丸めている男に近づいた。最初は軽く、次第に強く肩を揺する。

ようやく男が顔を上げた。

「私、風折といいます。医者です」

それだけ告げると、光司は、男の横に椅子を持ってきて腰を下ろした。

「どうされました？」

「大丈夫です。疲れて、いる、だけです。用事があって、京都に来たんですが……、ここのところ仕事で、徹夜続きだった上に、雪の中を歩いてきて……、なんだか、疲れ切ってしまいました。しばらく、休ませてもらえれば大丈夫です。すいません」

苦しげに顔を歪めながら、男は、途切れ途切れにようやくそこまで話した。

「これからどこに行かはるんですか？」

櫻子が訊くと、男は、うつむいてしばらく口ごもり、夕方から近くでちょっとした用事がある、とだけ答えた。

話している間も、男の目は虚《うつ》ろだった。ときどき、頭がぐらりと揺れることもあった。

身体に力が入らないようだ。

光司が腕に手を伸ばし、脈を取り始めた。もう一方の手を額や喉にあて、覗《のぞ》き込むように目を見つめる。

「少し休めば大丈夫です」

さっきよりもしっかりした声で、男が訴える。

「用事は、何時からですか？」

光司が訊くと、

「六時までに行けば、大丈夫です」

腕時計を見ながら答える。

櫻子は、じっと男を見つめた。かなり怪しげな人物に見えるが、いきなり警察に通報するわけにもいかない。

「何か持病はありませんか？」

「ありません。本当に大丈夫ですから」

男の手首から指を離すと、光司は、櫻子を振り返った。

「六時ならまだ時間あるから、うちでしばらく休んでもらおか。うちなら横になれるし、濡れた服も脱いで乾かせるしな」

櫻子は眉をひそめた。見ず知らずの人物を家に上げるのは、あまり賛成できない。

「いや、大丈夫です。ここで少し休ませてもらえれば——」

「だめです」

きっぱりと光司は言った。

「ほんまは、すぐ病院に行ったほうがいいと思います。救急車を呼ぶレベルです。それほどあなたは弱っている。けど、それが嫌なら、せめてちゃんと横になって休んでください」

救急車と聞いて、男は明らかに動揺した。やはり怪しい。

「私の家は通りのすぐ向こうです。しばらく休むといい。どうです？」

うつむいてしばらくの間考えていたが、結局男は同意した。本当は横になりたいのだろう。

先に行って石の保管部屋の暖房をつけ、居間にある押入れから布団を出しておくようにと頼まれ、櫻子は、ふたりを残して店を出た。

雪は小降りになっていた。軋《きし》む引き戸を開けて中に入り、ショーケースの間を抜けて、三和土で靴を脱ぐ。廊下のすぐ右手にある部屋に入ると、明かりを点《つ》け、リモコンで暖房のスイッチを入れた。

棚の間に小さな仏壇がある。何よりも石が好きだった太一郎のために、あえて光司がここに置いたのだ。

写真の太一郎に向かって、櫻子は手を合わせた。

今の場所にカフェを開くことができたのは太一郎のおかげだった。光司も、太一郎にはいろいろ世話になったようだが、櫻子にとっても恩人のような人だった。久しぶりに子どものような人懐っこい遺影の笑顔を見て、櫻子は思わず微笑んだ。

しかし、のんびりしている場合ではない。

部屋を出ると、廊下の向かい側の襖を開けた。そこは八畳ほどの広さの和室で、光司は、居間として使っている。

中央に置かれた座卓の上に、青い表紙の薄いファイルと、写真が一枚置いてあった。

押入れに向かう途中、ふと写真に目を向けると、女性の姿が写っていた。

ちょっとだけ気になり、足を止めて顔を近づけた。斜め四十五度あたりから上半身を写したスナップ写真だ。きれいな女性だった。ただ、表情がない。能面のようだ。

写真を見ながら、奥さんかな、と考えたとき、玄関のほうから足音が聞こえてきた。ぐずぐずしてはいられない。

押入れを開け、中から敷布団と毛布を出して抱える。

居間を出て廊下の先を見ると、光司が肩を貸して男の靴を脱がせているところだった。

急いで石の保管部屋に入り、布団を敷く。男は、言われるままに、濡れたダウンジャケットとスラックスを脱ぎ捨てて布団の上に座り、指を震わせながら濡れた靴下も脱いだ。

いったん部屋を出た光司が、タオルとスウェットのパンツを手に戻ると、朦朧《もうろう》としながらも髪や足を拭き、自分でパンツを穿《は》いて、崩れるようにして横になった。

「とりあえず寝といてください」

上から毛布をかけながら、光司が声をかける。

口を利く気力もないのか、男は、小さくうなずいた。

そしてそのまま、眠りに落ちた。

5

光司は、男のバッグを手に石の保管部屋を出た。

居間に入るとすぐ、大橋瑠璃子に関するファイルと写真をそのままにして、櫻子の店に行ったことに気づいた。今朝、弁護士から電話があったあと、棚の奥から出しておいたものだった。

急いで写真を取り上げ、ファイルの間に差し入れる。

部屋に入って来た櫻子が、怪訝《けげん》な表情でこっちを見ている。

櫻子は、もしかしたら写真を見たのかもしれない。何か言いたそうにしていたが、結局そのことには触れなかった。

ファイルを座卓の端に押しやると、光司は、そこに男のバッグを載せた。躊躇《ちゅうちょ》なくファスナーを開ける。

「ちょっと、勝手にそんなんしたらあかんやろ」

櫻子の非難を無視し、中身を探る。名刺入れがあった。

中から一枚取り出し、座卓の上に置く。名刺には、誰でも知っている商社名が記されている。

『小林和輝』

そこに印字された名前を見て、櫻子は目を丸くした。

「小林って——、もしかして幸恵さんの弟か？」

「そうやろな」

「あんた、わかってたんか？」

「店で脈診てたとき、ダウンジャケットのポケットに、チラシみたいな紙が入ってるんがちょっと見えたんや。なんや見覚えがあるなて思ってな。そしたら、この近くに用事があって、そこには六時までに行けば大丈夫やて答えはったやろ。それでわかった。あれは幸恵さんの個展の案内や。ギャラリーは六時までやからな。それで、もしかしたらて思ったんやけど……」

「てことは、あの人、ギャラリーにたどり着く寸前で力尽きた感じやろか」

「そういう言い方はどうかと思うけど。ま、それに近い感じやろな」

光司は、改めてバッグの中を探った。A４サイズの茶封筒が入っている。

宛名は「小林和輝」、差出人は「小林美智雄《みちお》」。

「誰や。お父さんとか」

「かもしれへんな」

光司は、名刺の横に茶封筒を置いた。中には便箋が一枚入っているが、さすがに取り出して読むわけにはいかない。

「どないする。警察に電話するか？」

「とりあえず幸恵さんに連絡してみるわ。スマホ貸して」

ランチタイムの混み具合を確かめるために、幸恵は、櫻子に電話してくることがある。櫻子のスマホからなら、連絡が取れる。

櫻子がエプロンから取り出したスマホを受け取ると、光司は、すぐに電話をかけた。櫻子の指示に従って、スピーカーホンにして座卓の上に置く。

三度のコール音で幸恵が出た。まだ新幹線の中で、もうすぐ新横浜駅に着くという。かいつまんで事情を説明すると、幸恵はまず絶句し、「どうしたらいいんでしょう」とうろたえた声で訊いた。

新横浜駅に着いたら京都にとんぼ返りするよう、光司は指示した。

〈警察には？〉

「連絡してません。弟さんとは、幸恵さんが直接話したほうがいいやろうと思って」

〈そうですか……。実は――〉

そこで幸恵は、声をひそめた。

〈ちょっと気になることがあるんです〉

「どうしました？」

〈さっき父と話したんですけど、母の行方がわからなくなってるようなんです。隣に住んでいる人が、今朝、弟が家に入るところを見てるんですけど、そのあと、悲鳴みたいな女性の声や、物が壊れるような音を聞いてるみたいで……。その人は、親子喧嘩《げんか》を始めたんだと思ったそうです。弟が母に何かしたんです。弟の精神状態は普通じゃないような気がします。弟は、私のことを嫌っていました。母に何かしたんなら、私にも同じことをしようとするかもしれません〉

「弟さんは、すぐに目を覚ますことはありません。相当弱っているから、手荒なことができるとも思えません。私たちもいるから、心配はいりませんよ。お母さまのことは心配でしょうが、そちらはお父さまに任せて、幸恵さんは、今は弟さんのことを第一に考えるのがいいと思います。それから——」

光司は、バッグの中に入っていた茶封筒のことを話した。

〈父です〉

差出人の名前を聞くと、すぐに幸恵は答えた。

消印から考えると、和輝が郵便を受け取ったのは、昨日か一昨日だろう。今回の事件と何か関係があるのだろうか。

「こっちに戻れるのは何時ぐらいになるでしょうか」

〈新横浜から京都までは二時間ぐらいですけど、雪で少し遅れてるみたいだから……、すぐに折り返したとしても、七時は過ぎると思います〉

「わかりました。また改めて連絡します」

光司は電話を切った。

「どないするつもりや」

「家族の問題は、家族で決着をつけたほうがいいやろ」

光司の言葉に、櫻子は、不安げな表情で石の保管部屋のほうを振り返った。

6

和輝は、今朝のことを夢見ていた。

息子が幼稚園に行き、ふたりきりになると、妻がベッド脇に立った。いつものことだ。たいてい、毎朝ひとことふたこと文句を言ってから、妻は仕事に出かける。仕事といっても、向かうのは事業家の実父が経営するセレクトショップで、彼女がやっているのは、商品の選定やレイアウトなど、自分が興味のあることだけだ。仕事というより、ほとんど趣味の延長といってもいい。

今朝の妻は、いつにも増して不機嫌だった。息子がぐずって幼稚園に行きたがらなかったことで、イライラしていたのかもしれない。

妻は、蔑《さげす》むような表情で和輝を見下ろしていた。これから自分に対する非難が始まるのだと思った。

その口が動く前に「話したいことがあるんだ」と告げた。枕元に置いていた、父から送られてきた茶封筒を差し出す。

――これ、読んでくれないか。

昨日届いたものだった。妻にも読んでもらいたかった。その上で、今後のことを話し合うつもりだった。このままではだめだ、なんとかしなければいけないと思っていた。

茶封筒から便箋とチラシを取り出すと、妻は、チラシの内容を一瞥したあと、父からの手紙を読み始めた。その表情が、見る間に変わっていく。

――なに、これ！　あなた、お義父《とう》さんと同じなの!?

ヒステリックな声を上げると、妻は、手にしていた便箋とチラシを、茶封筒といっしょに投げ捨てた。

――あなたのことで、私は、さんざんあなたのお母さんから責められたのよ！　夫の健康は妻の責任だって。実家で暮らしているとき、こんなことは一度もなかった、自分が面倒見ていれば絶対こんなことにはならない。全部私の責任だって！

怒りで顔を真っ赤にしながら、甲高い声で喚《わめ》き続ける。

何度も、「僕の話を聞いてくれ」と頼んだ。しかし、妻は聞く耳を持たなかった。

まるで呪文のように、妻の言葉が空気を揺らし続ける。

身体が震え始めた。頭が痛み、目が霞《かす》む。

――もう耐えられない。ここから逃げ出したい。

そう考えた途端、それまで抑え込んでいた妻に対する怒りが、胸の奥から噴き上がってきた。

——黙れ！

怒鳴り声を上げると、和輝は、掛け布団をめくり上げた。ベッドから出て、両足を床につける。

いきなり立ち上がった和輝を見て、妻は驚きに目を見開いた。

左手で首筋を摑《つか》み、右手で口を塞《ふさ》ぐ。

両手をバタつかせて妻が抵抗する。手の平の内側でキンキン叫んでいる。

和輝は、妻を押し倒した。

馬乗りになって右手で口を押さえつける。それでもまだ、妻は声を上げようとしている。

——黙れ、黙れ、黙れ！

繰り返しながら、右手に力をこめる。

妻が白目を剝《む》く。

叫び声を上げながら、和輝は目を覚ました。

しばらくの間、自分がどこにいるのかわからなかった。

頭上には、笠のついた丸い照明器具がぶら下がっている。今は豆電球だけが点いており、染みが浮いた木目の天井をぼんやり浮かび上がらせている。

上半身を起こし、薄暗い部屋を見回す。六畳ほどの広さの和室、壁に沿って置かれたいくつもの棚。

記憶が甦ってきた。この家に来て、布団に寝かされたのだ。

枕元を探ったが、バッグがない。腕時計も外されている。

焦りながら手を伸ばし、照明器具からぶら下がった紐を二度続けて引っ張る。チカチカと電球が点滅し、一気に部屋が明るくなった。

まぶしさに目を細めながら、改めて周りに目をやる。

壁に沿って置かれた棚を埋め尽くしているのは、色とりどりの石だ。その数は、おそらく数百――、いや、千個以上あるかもしれない。まるで、博物館の倉庫の中にいるような気分だ。その棚の間に何故か小さな仏壇が置かれ、老人の遺影が立てかけてある。

和輝は、一番近くにあるカラーボックスの中に積まれた、黒っぽい石をひとつ摘《つま》み出した。数センチほどの大きさで、ごつごつした手触り。赤い斑点が、模様のように石の表面に散っている。

これはなんという石なんだろう、と思いながら顔に近づけたとき、背後で襖の開く音が聞こえた。

ぎょっとして振り返ると、家主らしい男性が部屋に入ってきた。確か医者だと言っていた。

「目ぇ、覚めはりましたか」

男性は、にこにこと穏やかな笑みを浮かべている。

「あ、それ、恐竜のうんちです」

「は？」

「あなたが手に持ってる石。それ、恐竜のうんちの化石です。一億年近く前に、恐竜が尻からひねり出したもんです。赤い斑点みたいなんは、恐竜が食べた動物の骨やて言われてます」

和輝は、自分の手の平にある石に目を落とした。

――これが、恐竜の、うんち……。

小学生のとき、恐竜が好きで、図書館で借りてきた恐竜図鑑に熱中したことがあった。母に見つかり、そんなものを見ている暇があったら算数の勉強をしなさいと叱られ、取り上げられた。

「興味があるみたいですね」

「いや」

和輝は、慌てて石をカラーボックスに戻した。

「けど、すごいでしょう？　一億年前のうんちですよ。ロマンを感じませんか？」

「そんなことより、着ていたものとバッグを返してください。腕時計も」

「おーい」

男性は、廊下を振り返った。

「もう乾いてる？　こっち持ってきて」

「はいよ」

女性の声がした。さっき入ったカフェの店主だろうか。

「今、何時ですか？」

「五時半ぐらいですかね」

それを聞いて安堵《あんど》した。まだギャラリーは開いている。眠っていたのは一時間半足らずだろうか。身体は軽くなっている。

男性は、和輝の目の前にあぐらをかいて座った。

「つげ義春《よしはる》って漫画家、ご存じですか？」

唐突にそう尋ねる。

「は？」

名前は聞いたことがあるが、作品を読んだことはない。

答えずにいると、

「芸術性の高い作品を描く人で、活躍したんは、主に一九六〇年代の末から七〇年代にかけての短期間なんですけどね、今でもカルト的な人気があるんですよ」

呑気《のんき》な顔と口調で、男性は続けた。

「彼の作品の中に『無能の人』っていうんがあって、これ、竹中直人《たけなかなおと》監督主演で映画化もされたんですけど――、河原で石を売る男の話なんですよ」

――いきなりなんの話だ。

眉をひそめながら、和輝は、開け放たれた襖の向こうに目を向けた。女性の姿はないが、誰かと電話で話しているような声が聞こえる。

「自分で気に入った石を河原で集めてきて、その場で売ろうとするんですけどね、売れるわけないですよね」

朗らかな声で、男性が話を続けている。

「けど、彼にとっては、自分の気に入った石には価値があるんです。価値観ってのは、人それぞれです。この部屋は石の倉庫でね、いろんな種類の石があります。なんの役にも立たないもんですけど、恐竜のうんちにロマンを感じる人も、たまにいはります。そういう人を見つけると嬉しくなるんですよ」

「すいません」

たまらず口を挟んだ。

「私、これから行くところがあるんです。急いでいまして。お世話になったのに申し訳ないんですが、もう時間が――」

「はーい、どうぞ」

廊下から女性が姿を現した。やはりカフェの店主だ。左手にスラックスと靴下を、右手にはバッグと腕時計を持っている。

「ごめんなさいね、こんなむさくるしいとこに寝かせちゃって。けど、ここが玄関に一番近いからね」

屈託なく話しかける女性からスラックスと靴下を受け取り、急いで身に着ける。渡された腕時計で時間を確認した。五時三十分。

――充分間に合う。

「お世話になりました。すいません、急いで行かなければならないところがあるので」

ハンガーに掛けてあったダウンジャケットを摑むと、和輝は歩き出した。

まだふらつくが、少し寝たからか身体は動く。ギャラリーまでは、ほんの百メートルほどのはずだ。

ふたりを部屋に残して、和輝は廊下に出た。

履いてきたスニーカーに足を突っ込み、足をもつれさせながら先に進む。様々な石が陳列されたショーケースの間を抜け、玄関の引き戸に手をかける。

外に出る前に振り返ると、女性は、バイバイというように手を振っていた。その背後では、男性が腕を組んで立ち、和輝に視線を向けている。

軽く頭を下げ、ガラガラと音の鳴る引き戸を開ける。

外はすでに真っ暗だ。すぐ近くにある街灯の下まで歩くと、ダウンジャケットのポケットからチラシを取り出し、薄い明かりの下でギャラリーの場所を確認した。

幸いなことに雪は止んでいた。歯を食いしばりながら坂道を上る。吐く息は白く、凍《い》てついた空気に溶けていく。雪の影響で、ギャラリーが早仕舞いしていないかだけが心配だった。

次の角を曲がると、道の先にある町家風一軒家の大きな窓から、明かりが漏れているのが見えた。チラシの写真の外観からして、あそこに間違いない。まだ開いている。

ギャラリーのドアの横に立つと、和輝は、大きな窓を通して中をうかがった。

7

町家を改造したらしい店内は、間口は狭いものの奥行きがあり、両側の壁や中央に置かれた大きなテーブルに、作品が展示されていた。雪の影響なのか、客の姿はない。右手の奥に置かれたテーブルに、女性の姿が見えた。

——姉だ。

心臓が、早鐘を打ち始めた。

覚悟を決めてきたはずだったのに、足がすくむ。頭の中で繰り返したシミュレーションは、姉の姿を見た瞬間に崩れ去っていた。

しばらくの間その場に突っ立っていたが、やがて和輝は、大きなため息をついた。白い息の塊が宙に舞い、すぐに消える。

和輝は、真っ暗な空を仰いだ。目の前のドアを開ける勇気は、自分にはない。

姉が家を出て行ってから、会う機会は片手で数えるほどしかなかったが、和輝は、その度にひどい言葉を投げつけてきた。小さなみすぼらしいアパートにひとりで住み、安い時給のアルバイトを続けながら美術だか染物だかの勉強をしているという姉を、人生の負け組と決めつけてバカにした。

でも、それは間違いだった。和輝の人生は、母の手によって作られた、砂の城のようなものだった。あっという間に崩れ、跡形もなくなってしまう。

姉に謝りたかった。そして、自分の人生を自分で切り開いた姉の作品を、この目で見たかった。いったん警察に身柄を拘束されたら、それからは何年も外に出られなくなってしまう。その前に、一度だけでいい。

この時間なら、まだ事件は発覚していない。姉は、犯罪者ではなく、久しぶりに会う弟として迎えてくれるはずだ。最後に、普通の姉弟《きょうだい》として話をしたかった。

――でも、無理だ。

和輝は唇を噛《か》んだ。

殺人を犯した自分が、冷静に姉と向き合えるはずがない。

――このまま自首しよう。

そう決め、来た道を戻ろうと踵《きびす》を返した。

顔を上げ、歩き出そうとしたとき――、すぐ先に、二つの人影が見えた。

影は、並んだままゆっくり近づいてくる。さっきの家にいたふたりだ。

「世話の焼ける人やな」

目の前で立ち止まると、女性は、小さく眉をひそめた。

「こっちは、苦労してお膳立てしてしてあげたのに」

――お膳立て？

「こんなこともあるんやないかと思って、あとをついてきたんやけど、まさかなあ……」

苦笑いしながら男性が続ける。

和輝は眉をひそめた。わけがわからない。どういうことだ。

「いったい、どういうことです」

「もしかしたら、お姉さんに会わんと、あなたが逃げ出すかもしれへんて思ったんです」

「姉のことを、知ってるんですか？」

「はい」

「姉は、僕が京都に来たことを――」

「ご存じですよ」

和輝は、目を覚ましたあと、女性が誰かと電話で話していたのを思い出した。

「じゃあ、さっきの電話で姉に？」

「いえ」

男性が否定する。

「あのときの電話の相手も幸恵さんですけどね、あなたが京都に来てるんを幸恵さんに伝えたんは、もう三時間以上前です」

——三時間前？

「私がまだあのカフェに行く前にですか？」

「いえ」

「ごめんなさいね」

女性がぺこりと頭を下げた。

「今は、もう七時四十分です。腕時計はね、あなたに渡す前にお姉さんに電話して、お姉さんがギャラリーにいることを確かめてから、針を私が二時間戻したんですわ」

和輝は腕時計を見た。針は五時四十分を指している。

あのとき、男性は、突然つげ義春の話などを持ち出した。あれは、女性が姉と連絡を取り、時計に工作する時間を稼ぐためだったのか。

「でも、どうしてそんなことを……」

「あんたに、まだギャラリーが開いてると思わせるため。それと、事件のことがまだ世間に知られてないと思わせるため——、やな？」

女性は、横に立つ男性に確認した。

「せや」

男性がうなずく。

ますますわけがわからない。頭の中は嵐のように混乱している。

「お姉さんがお待ちです」

男性は、背後のギャラリーを指さした。

それにつられるようにして、身体の向きを変える。

背中にふたりの視線を感じた。

もう逃げられないと思った。姉に会うしかない。

ドアを開けると、まず目に飛び込んできたのは、展示されている姉の作品だった。鮮やかな色で描かれたひとつひとつの作品が、浮き上がるようにして和輝に迫ってくる。

「よく来たね」

テーブルの向こうに立つ姉が、泣き笑いの表情で言った。

不意に、身体の奥から熱い塊がこみ上げた。

胸が震え、目頭が熱くなる。

「姉さん、僕は、とんでもないことを——」

そのあとは、言葉にならなかった。

和輝は、声を上げて泣いた。

8

姉に支えられ、和輝は、奥のテーブル席に向かった。

和輝と幸恵が隣り合い、その向かいに石屋の男性とカフェの女性が腰を下ろす。

ふたりは、改めて自己紹介してくれた。姉とは以前からの知り合いだという。

「まず、言っておくけど――」

和輝に真っ直《ます》ぐ視線を向けると、幸恵が言った。

「あなた、貴美さんを死なせたって思ってるでしょ？　でもね、貴美さんは生きてる。今は病院にいるから、安心して」

「ほんとに……？」

和輝は、驚きに目を見開いた。

「あなたは、本気で殺すつもりはなかったんでしょう？」

光司が言葉を継ぐ。

「せやから、奥さんが失神したあと、すぐ手を離した。違いますか」

「それは……、そうだったかもしれません」

妻がぐったりしたとき、すぐに手を離していた。死んでいるかどうか、確かめたわけではない。あのとき、妻はまだ生きていたのだ。

よかった、と心から思った。

「でも……、そのことは、いつわかったの？」

「昼前よ。賢人くんがね、朝、家を出るときから具合が悪かったようなの」

「ああ……」

今朝、賢人がぐずっていたのを和輝は思い出した。

「熱があったみたいで、幼稚園が貴美さんに連絡を取ろうとしたのよ」

マンションから出ようとしていたとき、妻のスマホの着信音が鳴っていた。あれは、幼稚園からだったのだ。

昼前には貴美の母親がマンションに行き、朦朧とした状態で倒れている貴美を見つけて救急車を呼んだのだと、姉は付け加えた。

事件が発覚するのは、息子の帰宅時だと思っていた。

その後、捜査が自分に及ぶことになれば、姉にも警察の監視がつく可能性がある。その前にギャラリーに行く必要があるが、時間的には充分可能なはずだった。

「おふたりは、いつ知ったんですか？」

「昼過ぎです」

光司が答えた。

「幸恵さんと私がカフェにいたとき、あなたのお父さまから幸恵さんに電話がかかってきたんですよ」

「あんたが殺人犯やったら、私らもさすがに警察に通報してたて思うけどな」

櫻子が付け加える。

「ねえ、母さんに何をしたの？　実家に行ったんでしょう？」

静かな口調で、幸恵が訊いた。

「自首する前に――、京都に来る前に、言っておきたいことがあったんだ」

「何を？」

「これまでずっと母さんの言いなりだったのを後悔してる。不甲斐ない自分を恥じてる。母さんの言うことはもうきかないし、僕のことは自由にしてほしい。それだけ言った。あの人は、最初泣いて僕に取りすがった。僕が突き飛ばすと、今度は半狂乱になって、家の中のものを壊し始めた。僕は、そのまま家を出た」

「母さんが、公園のベンチにひとりでいるところを保護されたって、さっき父さんから連絡があった」

「父さんは、今、どこにいるの？」

「母さんが運ばれた横浜の病院」

「母さんの具合は？」

「大丈夫よ。精神的に参ってるだけみたい。お父さんが、お母さんのことは自分がみてるから心配するなって」

「そう。よかった」

自分が母を追い込んだのだ。でも、後悔はしていない。

「お父さん、これまで家族のことをお母さんとちゃんと話し合ってこなかった、話し合うのをずっと避けてきたって……。こうなったのは全部自分の責任だって言ってた」

両親がまともに会話するところなど、おそらく十年以上見たことはない。母はほとんど父を無視していた。ただ、和輝自身も父と向き合うことをしなかった。父に全部責任があるわけではない。

「父さんは元気なの？　もうずいぶん会ってないけど」

「元気よ」

幸恵は微笑んだ。

「お父さんね、銀行より今の職場のほうが性に合ってるみたいで、結構生き生きしてるよ。あなたには、お父さんは人生の負け組に見えるんだろうけど」

「今はもう、そんなこと思わないよ」

和輝は、自嘲するように笑った。

「休職して家に閉じこもるようになってから、ずっと考えてたんだ。今までの自分の人生をさ。考える時間だけはたっぷりあったから。

ほんと言うと、会社で大きなミスをしでかすちょっと前から、自分がすり減ってるって感じてた。母さんの期待に応えることばかり考えてここまできたけど、このままじゃ、消しゴムみたいに自分が全部なくなってしまうような気がした。

実はね、貴美とも、もう何年も前からうまくいってなかったんだ。彼女にしてみたら、僕がここまで母に服従するとは思ってなかっただろうし、ことあるごとにうちのことに口を挟む母にもうんざりしてた。僕は仕事が忙しくて、ゆっくり話す時間もなかった。貴美は貴美で、苦しんでたんだと思う。なにもかも僕のせいだ」

「そうだったの」

「これ」

和輝は、バッグの中から茶封筒を取り出した。

「昨日、姉さんの個展のチラシといっしょに父さんから届いた」

幸恵が受け取り、手紙を読み始める。指先が震えているように見えた。目も潤んでいる。

幸恵は、便箋を光司に向かって差し出した。

「いいよね？」

「どうぞ」

和輝が、光司に向かってうなずく。

光司と櫻子は、ふたり揃って老眼鏡をかけ、目の前に置いた便箋に目を落とした。

『和輝へ

先日、お母さんから腰痛のことを聞きました。

単刀直入に書きます。

お前の身体の不調は、心の問題です。

私がそうだったから、わかるのです。

お前は認めたくないかもしれません。でも、薄々気づいているのではありませんか。

お前が行くべきは、整形外科や内科ではなく、精神科か心療内科です。

まず、それをお前自身が認めることです。

私は、病気になったことで自分の人生をリセットすることができたと思っています。今では、それが良い経験だったと思うこともあります。

お前はまだ若い。何度でもやり直しはできます。

貴美さんとも、よく話し合ってみてください。


幸恵の個展の案内を同封しました。

会場が京都なので今回は難しいかもしれませんが、東京でもときどき展示会を開いています。

是非作品を見てください。素晴らしいです。私は感動しました。

そして、できれば、幸恵と会って話をしてください。

幸恵ならきっと、お前の苦しみや悩みを受け止めてくれます。

子どもの頃のように仲の良い姉弟に戻ってくれることが、私の望みです。


一日も早い回復を願っています。

父より』

光司と櫻子は、ふたり同時に手紙を読み終え、和輝に目を向けた。

「今朝、その手紙を妻に見せたんです。妻は手紙を投げ捨てて、怒り出して……」

和輝は、両手で顔を覆った。

「父さんの言う通り、もっと早く姉さんに相談すればよかった。そうしてたら、こんなことにはならずに済んだかもしれないのにな」

子どもの頃、ふたりは仲がよかった。和輝は姉のことが大好きだった。でも、高校生になった頃から姉は母に激しく反発するようになり、同時に姉弟の関係も変わり始めた。

姉は、お母さんの言うことなんかきくな、と和輝をけしかけ、母には、弟をもっと自由にさせてあげるべきだ、と迫った。父はいつも帰りが遅かったから、夕食の席で激しく言い合うふたりの前で、和輝は身を縮こませていた。

母と幸恵の対立が、結果として、和輝と母の結びつきを強くしたのは間違いない。

顔から両手を離すと、和輝は幸恵に向き直った。まだ少しわからないことがある。

「僕が風折さんのところで寝ていたとき、姉さんはどこにいたの？」

「横浜に向かう新幹線の中。風折さんはね、私がギャラリーに戻るまであなたは寝かせておくからって言ってくれた。私が戻る前に目を覚ましたら、全部本当のことを話さないといけないだろうけど、あなたの消耗具合から見て一時間や二時間で目を覚ますとは思えないから、起きた時点で時計に細工して、まだギャラリーが開いている六時前だと思わせて……、事件のことは知らないふりをしてギャラリーに行かせるからって約束してくれたの。あなたは、逮捕される前に私の作品を自分の目で見たいと思って、無理してここまで来た。その意志は尊重してあげるべきだって、風折さんは言ってくれた。ギャラリーのオーナーも協力してくれたのよ」

「僕のために、そんなことまで……」

「気にせんでええよ」

櫻子が、自分の顔の前でひらひらと手を振る。

「今日は大雪で、みんな暇やったんや。特にこの人は、普段なんの生産性もないことやってるからな。たまには世のため、人のためになることもせんと」

「生産性て、なんやそれ」

光司は笑った。

「さて、そろそろ帰ろか」

「せやな」

声をかけ合うと、ふたりは立ち上がった。

ギャラリーの出入り口まで見送ったとき、光司が、ポケットから何かを取り出した。

「ささやかなプレゼントです」

言いながら、和輝に差し出す。

黒っぽい石に、赤い斑点が散っている。

——恐竜のうんちの化石。

思わず微笑んでいた。光司も櫻子も笑っている。

ふたりに向かって、和輝は、深々と頭を下げた。


光司と櫻子がいなくなると、姉の説明を聞きながら、和輝は、ゆっくりギャラリーを回った。

室内には、「型絵染」という珍しい技法を用いた作品が所狭しと展示されていた。民芸風のどこか懐かしさを感じさせる絵柄のクッションカバーや、赤や緑など原色で描かれた花柄の着物や、幾何学的なデザインの風呂敷など、バラエティー豊かだ。

どれも素晴らしかった。こんな作品を生み出す才能を姉が持っているなど、考えたこともなかった。

姉弟で笑いながら話すのは、子どものとき以来だ。あの頃に戻ったような気がした。

ギャラリーを出ると、和輝は、幸恵に付き添われて警察に出頭した。

9

「わからないことがあるんやけど」

家に帰り、居間の座卓に向かい合って座ると、まず櫻子が口を開いた。

「なに？」

「和輝さん、腰痛で寝込んでたんやろ。なんで突然具合がようなったんや？」

「ああ、それはね……、直接本人診察したわけやないから、断定的なことは言われへんねんけど」

「けど、なんとなくはわかってるんやろ？」

「腰痛の原因は、やっぱり心の問題やったんや。心と身体は健康の両輪やからね。自分ではそうと気づかへんうちに心が無理し過ぎて、これ以上負担がかかると大きな問題が起きそうやてなったときには、身体のほうがブレーキをかける。腰痛は、身体から心への警告やったんや」

「警告？」

櫻子は、小さく首を傾《かし》げた。

「わが敬愛するつげ義春先生は、こんなこと言うてる。『病気にもならずに、現在の世の中にしっかり適応している人を見ると、不思議でならない』」

「おもろいこと言うな」

「和輝さんの場合は、ずっと母親の価値観に従って生きてきたわけや。心の奥底では、モヤモヤした感じを抱いてたかもしれへんけど、大きな失敗も挫折も味わわずに、エリート街道一直線の人生を送ってきたから、疑問は持たへんかった。あるいは、疑問には、あえて蓋をしてきたのかもしれへん。けど、突然、それまでの価値観が崩れ去ったんや。自分は、母親が思うほど優秀な人間やないんかもしれへん。ほんまの自分は、もっと別のところにいるべきなんかもしれへん。ほんまにこのままでええんやろか。和輝さんは、そんなふうに思い悩んだんやろ。心が悲鳴を上げてたんや」

「つまり、それまでみたいに無理続けたら心が壊れてしまうかもしれへんから、身体がストライキ起こした、いうことか？」

「うまいこと言うな」

光司は笑った。

「和輝さんは、心の奥底で、これまでの自分の人生を終わらせてリセットしたいて思ってた。奥さんの口を塞いだとき——、こんな言い方は不謹慎かもしれへんけど、罪を犯すことで、母親の自分への期待は崩れ去る。母親から自由になれる。無意識のうちに、そう思ったんかもしれへん。せやから、罪を犯した途端、腰痛が消えた」

「へえ」

櫻子は驚いた様子だ。

「人の心いうんは、不思議なもんやな」

「そうや」

光司はうなずいた。

人の心は複雑怪奇だ。

だから、怖い。

10

上空には、雲ひとつない青空が広がっている。

ただ、昨日の雪がまだ残っていた。

櫻子は、バケツに張ったお湯を、店のドア周辺に積もった雪にかけていた。

ドアの前には、光司と櫻子、それに和輝の足跡が残っていた。凍りついていた雪といっしょに足跡が流れ、湯気と共に側溝に流れ落ちていく。また新しい一日が始まる。

ガラガラ——、という引き戸が開く音に振り返ると、家の中から光司が姿を現した。

「おはよう」

同時に声をかけ合い、顔を見合わせて笑う。

光司は、いつもと同じ、穏やかで屈託のない笑みを浮かべている。

でも、櫻子は、昨日の光司の様子が気になっていた。和輝を寝かせて居間に入ったとき、光司は、女性が写った写真を慌ててファイルの中に隠した。何かに怯えているようにも見えた。あんな光司の表情を見たのは初めてだ。写真の女性は、奥さんではないのかもしれない。

医者まで辞め、家族と離れて暮らしているのには、何か深刻な事情があるのだろうと想像はしていた。もしかしたら、そのことに写真の女性が関わっているのかもしれない。

ただ、傷を負いながら生きてきたのは自分も同じだ。気にはなるが、詮索はするまいと櫻子は思った。

光司が、売れない石を載せたワゴンを引っ張り出している。

いつもと同じ朝だ。

天を仰ぐと、櫻子は、雲ひとつない空に向かって大きく一度伸びをした。

桜舞い落ちる、散る——気泡入り琥珀

1

子どもの頃暮らしていたアパートの同じ階に、頭がよくてきれいなお姉ちゃんが住んでいた。小学四年生のとき中学を卒業したから、歳《とし》は五つ離れていたと思う。「お姉ちゃん」としか呼んでいなかったからだろうか、どうしても名前は思い出せない。

小学二年生のとき両親が離婚したのをきっかけに、平山開《ひらやまかい》と母はそのアパートに引っ越してきた。お姉ちゃんの家族が引っ越してきたのも、同じ頃だった。

お姉ちゃんには父親がいたが、アパートで姿を見かけたことはほとんどない。お姉ちゃんに訊くと、父親は、大酒呑みの博打《ばくち》好きで、いつも借金取りに追われているから帰って来られないのだ、と怒ったような顔で答えた。

歳が近く、境遇が似ていたからだろうか、まず母親同士が仲良くなった。そのうち、開の母親が仕事で遅くなるときには、お姉ちゃんの部屋で晩ごはんをいっしょに食べるようになった。お互い、転校したばかりで友だちがおらず、ひとりっ子で姉弟がほしいと思っていたから、ふたりは自然に、いつもいっしょにいるようになった。

よく思い出すのは、近くの神社のお祭りのことだ。ふたりは連れ立って出かけた。吉田《よしだ》神社の「節分祭」や、北白川《きたしらかわ》天神宮の「夏祭り」、浄土寺日吉神社の「秋の大祭」など――。お祭りには屋台が出る。少ないお小遣いを出し合い、たこ焼きや焼きそば、りんご飴などを、分け合いながら食べた。

アパートの近所にある「哲学の道」は、ふたりでよく歩いた。

哲学の道は、東山の麓を南北に流れる琵琶湖疏水《びわこそすい》に沿って作られた散歩道で、紅葉で有名な永観堂《えいかんどう》にほど近い熊野若王子《くまのにやくおうじ》神社から、銀閣寺の参道まで延びている。ただ、「哲学の道」と呼ばれるようになったのは一九七〇年代になってからで、一九六〇年代当時は「哲学の小径」と呼ばれていた。「散策の道」とか「思索の道」という呼び方もあったらしい。

ふたりは、家や学校のこと、漫画やテレビドラマのことを話しながら、一・五キロほどある散歩道を行ったり来たりした。その頃はまだ観光客の姿はそれほどなく、行き交うのは地元の人がほとんどだった。

「なんでここは『てつがくのこみち』ていうん？」

ある日、開は、そう訊いたことがある。

「ここはな、昔、京大のえらい先生が、考え事しながらよう散歩しはった道なんや。それで、『哲学の小径』て呼ばれるようになったんやて」

「『てつがく』てなに？」

「むつかしい考えのことや。大人になったらわかるわ」

後に、「京大のえらい先生」というのは、哲学者である西田幾多郎《にしだきたろう》や田辺元《たなべはじめ》らのことだと知った。学者だけでなくこの界隈を愛した作家も多く、すぐ近くにある法然院《ほうねんいん》には谷崎潤一郎が眠っている。

哲学の道の東側には大文字山が聳《そび》え、八月十六日夜の「五山の送り火」には、その斜面に描かれた「大」の文字に最初に点火される。

この送り火もふたりで見た。銀閣寺道の入口にある店でアイスキャンディーを買い、それを舌の上でゆっくりゆっくり溶かしながら、闇の中に浮かび上がる「大」の火文字に歓声を上げた。

開は、このままずっとお姉ちゃんといっしょに暮らすのだと思っていた。

2

マンションの玄関を出ると、伊藤拓也《いとうたくや》は、すぐ横にある住人用の駐輪場に入った。箱型のコンクリートの建物の中に、様々なタイプの自転車が二十数台、ぎっしり停められている。

中ほどまで進むと、他人の自転車に触れないよう、手袋をはめた両手で、慎重に自分の自転車を引っ張り出した。

拓也が使っているのは、通勤用に購入した中古自転車で、前籠《まえかご》がついたごく普通のタイプだ。ゆっくり転がしながら、マンションの敷地から外に出る。

目の前には、京都市の幹線道路のひとつである白川通が南北に延びている。日中は交通量が多いが、まだ夜明け前とあって、行き交う車はほとんどない。

薄暗い車道を、南に向かって走り出す。

遠出するのは久しぶりだった。この一ヶ月ほどは、マンションの自室と、歩いて五分の距離にあるコンビニを往復するだけの日々が続いていた。外を出歩くのが怖かった。

四月になり、テレビで全国各地の桜の映像が流れるようになったとき——。ふと、今なら外に出られるかもしれないと思った。

京都で暮らすようになった一年余り前から、拓也は、職場に近い哲学の道の四季折々の風景を、スマホで撮影するのが楽しみになっていた。特に、去年の桜の時期は、仕事が終わると、毎日夢中になって撮影した。

今、哲学の道の桜は満開だ。日中はラッシュアワー並みの混雑になるが、夜明け間もない早朝に行けば、おそらく人はほとんどいない。

——大好きな哲学の道を歩けば、症状が軽くなるかもしれない。

わずかだが、そんな期待が胸に湧いた。

拓也は、自分が病気であることを自覚していた。ただ、病院に行く気にはなれない。なんとか自力で治したいと思っていた。

いつまでも部屋に引きこもっているわけにはいかなかった。あと二ヶ月もすれば、貯金が尽きてしまう。それまでに、できれば元の自分を取り戻し、新しい仕事を見つけなければならない。

拓也は、自転車のスピードを上げた。

十五分ほど走り、白川通から銀閣寺道に入ったところで、拓也は、自転車を降りた。桜並木が疏水沿いに続いている。五時二十分。人の姿はない。

街灯の明かりに、満開の桜がぼんやり浮かび上がっている。幻想的な光景だ。

空気もきれいで、気持ちがいい。

深く呼吸しながら、ゆっくり自転車を転がす。

「橋本関雪《はしもとかんせつ》記念館」の横を通り過ぎ、銀閣寺の参道に入る手前で右に折れて、哲学の道に入った。疏水の西側に延びる数メートル幅の散歩道を、自転車を押して歩く。

哲学の道沿いには、飲食店や土産物店、ギャラリーなどが建ち並んでいるが、今はまだ開いている店はない。人けのない満開の桜の下を、ゆっくり進んでいく。

周辺には、寺や神社が点在している。

「幸せ地蔵尊」と呼ばれ親しまれている弥勒院《みろくいん》を過ぎてしばらく進むと、住宅地域を挟んで、その東側に建つのは「法然院」だ。南には、「かぼちゃ供養」で有名な安楽寺《あんらくじ》、「椿の寺」として知られる「霊鑑寺《れいかんじ》」、さらに下ると、全国でも珍しい狛《こま》ねずみの社が建つ大豊《おおとよ》神社がある。

疏水にはいくつも橋がかかっている。新しくかけられたものもあるが、趣のある古い石造りの橋も多く、桜並木とその古い橋のコントラストがとても素敵だ。

拓也は、外出してよかったと思った。ずっと重たく闇に覆われていたようだった頭の中が、少しだけ軽く明るくなっている気がする。これなら、症状はよくなるかもしれない。

朝日が昇り、桜並木を美しく照らし始めた。人通りは全くない。桜を独り占めしているような気分になる。

「西田幾多郎歌碑」の前を通り、「法然院橋」を過ぎ、さらに南へ下る。

「櫻橋」の前まで来ると、拓也は、朝日に映える桜を撮影するために立ち止まった。そこから南に向かって見事な桜並木が続いている。

自転車を橋のたもとに停めると、手袋を脱いでジャケットのポケットに入れた。疏水に沿って南に向かいながら、スマホのシャッターを何度も切る。

ベストショットを求めて動き回りながら、拓也は、夢中になって撮影を続けた。こんなにウキウキした気分になるのは久しぶりだった。

いつの間にか、櫻橋からずいぶん離れたところまで来てしまっていた。そのとき初めて、自転車に鍵をかけてこなかったことに気づいた。

大丈夫だろうと思いながらも、慌てて来た道を引き返す。

すると、見知らぬ男が自転車にまたがっているのが見えた。

身体中から血の気が引いた。

「おい！」

大声で叫び、走り出す。

男が、ぎょっとした顔をこっちに向ける。

頬はこけ、目は落ち窪み、顔は土気色。薄い髪はべっとりと額にへばりつき、口の周りには白い無精髭が目立つ。身に着けているのは、古着屋で買ったような紺色のブルゾンとデニムのパンツだ。

数メートル手前で、拓也は立ち止まった。

自転車が盗られる。しかし、近づけない。

——どうすればいい。

拓也は、パニックに陥った。

「やめろ！　僕の自転車や！」

もう一度叫ぶ。

男は焦っているように見えた。ハンドルを握る腕が震えている。しかし、自転車から降りようとはしない。

止めなければ、と思った。

歯を食いしばると、拓也は地面を蹴った。スマホを握りしめたまま、肩で男に体当たりする。

自転車ごと、男がひっくり返った。

仰向けに倒れた男は、頭を手で押さえながらゆらりと立ち上がった。足元はふらついているが、目はぎらついていた。明らかに怒っている。自転車を盗むのをあきらめるどころか、男は、こっちに向かってきた。

蛇に睨《にら》まれた蛙のように、身動きが取れなくなった。

唸《うな》るようなくぐもった声を上げながら両腕を伸ばすと、男は、拓也のジャケットの胸倉を摑んだ。腐った卵とアンモニア臭が入り混じったような体臭が鼻を衝く。

スマホを手から離すと、拓也は、悲鳴を上げながら男の腕を摑んで振りほどいた。そして、思い切り胸を突いた。

男は、あっさり仰向けにひっくり返った。

身体を起こそうとする男を横目に見ながら、拓也は、スマホを拾ってスラックスのポケットに突っ込み、前方に走り出した。

自転車は、もうどうでもよかった。とにかくその場から逃げることしか頭になかった。これ以上男に触れたら、取り返しがつかないほど身体中が汚れてしまう。

銀閣寺がある北側に向かって走りながら、拓也は、着ていたジャケットを脱いで道端に投げ捨てた。身に着けていたら汚れが身体に染み込んでしまう。

問題は両手だ。男に触ってしまった。

拓也は顔をしかめた。消毒用のアルコールティッシュは、ジャケットのポケットに入っている。あれがあれば、とりあえず両手を拭くことはできた。手袋もポケットの中だ。

でも、引き返す気にはなれなかった。二度と男に近づきたくない。

走りながら両手を広げた。じわじわと汚れが広がっているような気がする。手の平がどす黒く染まっていく。そんなものは幻だと頭ではわかっていたが、想像を止めることができない。

一刻も早く洗い流さなければならない。こんな手のまま自宅へは帰れない。部屋が汚染されてしまう。

法然院橋を過ぎ、西田幾多郎歌碑の前を駆け抜けてから、西へ延びる坂道を見下ろすと、カフェらしい看板が見えた。その前では、女性が掃き掃除をしている。カフェの店主なら、店に入れてくれるかもしれない。

拓也は、転がるようにして坂道を駆け下りた。

哲学の道は、やはり桜の時期が一番美しい。

満開の桜の道を、開は、お姉ちゃんとふたりで毎日のように散歩した。

「ここの桜て、昔近くに住んではったえらい絵描きの先生と奥さんが、京都市に送ったもんやねんて。『かんせつざくら』いうんやで」

お姉ちゃんの説明を、開は感心しながら聞いた。お姉ちゃんはなんでも知っているように思えた。

これも後に知ったことだが、「えらい絵描きの先生とその奥さん」は、日本画家である橋本関雪と妻のよねのことで、一九二一（大正一〇）年に、桜の苗木約三百本を京都市に寄贈したのだという。樹齢が尽きたあとも代替わりをして維持されており、「関雪桜」と呼ばれて、地元の人たちにずっと愛されてきた。

3

お姉ちゃんとの一番の、そして最後の思い出は、桜の時期にサイクリングしたことだ。

開が小学五年生になる前の春休み、お姉ちゃんは中学を卒業したばかりの、四月初めのことだった。

哲学の道から今出川通《いまでがわ》へ出て西に向かい、出町柳《でまちやなぎ》から高野川《たかのがわ》を北上し、松ヶ崎《まつがさき》疏水の散歩道を抜け、鴨川《かもがわ》に出てさらに北上し、上賀茂《かみがも》神社へ。そこまではずっと、桜並木が続いている。十歳の子どもにとっては大変な距離だったが、お姉ちゃんといっしょだから弱音は吐かなかった。必死でペダルを漕いだ。

お姉ちゃんは、開のペースに合わせてくれた。そして、ときどき満面の笑みで振り返り、「きれいやなあ」と声を上げた。

笑顔がとても可愛かった。それは、間違いなく開の初恋だった。

上賀茂神社で、お姉ちゃんは、名物の焼き餅を買ってくれた。それを持って、境内にある大きな桜の木の下に腰を下ろす。

開が焼き餅にかぶりつくのを、しばらくの間笑いながら見ていたが、ふと真顔に戻ると、お姉ちゃんは「今日でお別れや」と告げた。

「姉ちゃんな、舞妓《まいこ》はんになんねん。せやから、しばらく会われへん」

開は、焼き餅を食べるのも忘れて泣きじゃくった。

一九六七年の当時には、もう「身売り」などという言葉はほとんど聞かれなくなっていたが、おそらくそれに近い形で花街に行くことになったのだろう。もちろん、当時の開が、そんなことを知るはずもない。会えなくなるのは悲しいけど、お姉ちゃんなら舞妓の衣装はよく似合うやろう、などと考えていた。

お姉ちゃんがいなくなるとほどなく、彼女の両親も引っ越していった。

それきり、開は、お姉ちゃんに一度も会っていない。


地元の工業高校に通っているとき、開は、卒業後に東京へ出ることを決めた。母方の親戚が住んでいて、就職を世話することもできると言われていた。今いる場所から飛び出して、未知の広い世界で生きてみたかった。

東京に出発する前――。十一年間暮らしたみすぼらしいアパートの前で、母とふたりで記念写真を撮った。お姉ちゃんとも、同じ場所で写真を撮ったことがある。

二枚の写真は、バッグの中に大切にしまった。

開は、京都を離れた。

4

朝起きると、光司は、仏壇に向かって手を合わせた。遺影の中の伯父は、子どものような、屈託のない笑みを浮かべている。

ときどき、生前の姿を思い出すことがある。


伯父は変わり者だった。

戦闘機乗りだった伯父は、戦後は大手航空会社のパイロットになったが、子どもの頃からの化石好きが高じて、行く先々の国で珍しい石を買い集めるようになった。五十代半ばで会社を辞めると、当時住んでいた東京のマンションを売り払って故郷である京都に戻り、この家を買って「石売り」を始めた。もっとも、儲けようという気は全くなく、ただ石に囲まれて暮らしたいだけだったようだ。

大橋瑠璃子が起こした事件のために医者を辞めた光司を、伯父は、この家に受け入れてくれた。そして、この家と石のコレクションを――、石の仕入れルートを含めて――、光司に遺してくれた。

光司は、伯父のあとを継いだ。それからもう七年以上になる。

ただ、伯父は、いずれ光司は医者に戻ると思っていたはずだ。

今でも「石売り」を続けている光司の姿を、伯父は、苦笑いしながら天国から見下ろしているかもしれない。

遺影に向かって頭を下げると、光司は、仏壇の前を離れた。

廊下に出て洗面所に向かおうとしたとき、居間の座卓の上に置いていたスマホの着信音が鳴った。

——誰や、こんな朝早く。

時刻は、まだ六時前だ。

急いで居間に入り、スマホを取り上げる。

画面を見ると、櫻子からだった。

〈光司さん、助けてえな〉

情けない声で櫻子は訴えた。

5

櫻子は、明らかに戸惑っているのがわかる声音で事情を説明した。

店回りを掃き掃除していた十五分ほど前に、二十代後半ぐらいに見える若い男がやって来て、店の洗面所を使わせてほしいと頼んだのだという。

　櫻子のカフェは、普段は午前十時開店なのだが、桜の時期だけは、早朝からやって来る観光客目当てに、七時過ぎには店を開ける。カフェの開店準備はまだこれからだったが、その蒼白な顔を見て具合が悪いのだろうと思った櫻子は、青年を店に入れた。

　それからずっと、青年は、洗面所に閉じこもったまま一向に出てくる気配がない。水の流れる音だけが聞こえているのだという。

　すぐ行く、とだけ答えてスマホを切り、手早く顔だけ洗うと、スウェットの上からカーディガンを羽織っただけの恰好で家を出た。

　四月初めの早朝とあって、まだ肌寒い。靴下を穿いてこなかったことを少々後悔しながら、パタパタとサンダルの音を響かせて小走りに通りを渡る。

　カフェ「櫻」に入ると、カウンターの向こうに櫻子が立っていた。

　しかめ面で、黙ったまま奥の洗面所を指さす。

　光司は、閉ざされたドアに目を向けた。静まり返った店内に、水の流れる音が微かに響いている。

　カウンターの前を通って洗面所に向かう。

　ドアの前に立つと、トントン――、と軽くノックしてから、

「どうされました？」

光司は、やさしく声をかけた。

「店の洗面所をずっと使われては迷惑なんですけど」

「すいません」

中から、緊張した声が返ってくる。

「手が汚れていて……、汚れが落ちなくて……」

青年の説明に、光司は、もしかしたら、と思った。思い当たる病気があった。

「とりあえず、出てきはりませんか？　開店準備をしないといけないんです。すぐそこに私のうちがあります。私のとこの洗面所なら、気が済むまで、いくら使ってもらっても構いません。ほんまです。アルコールティッシュもたくさんあります」

ほどなく水の音が止まった。

ゆっくりドアが開く。

櫻子の言った通り、青年の顔面は蒼白だった。すらりとした細身の長身で、髪はきっちり七三分けにし、髭もきれいに剃られている。何故か上着は身に着けておらず、上半身はチェックのシャツ一枚という姿だ。スラックスにはきっちり折れ目が入り、スニーカーには染みひとつない。

青年は、肘を曲げ、両方の手の平を上に向けている。

それを見て、光司は確信した。やはり彼は病気だ。

「どうぞ、こっちへ」

心配そうな様子の櫻子の横を通り抜け、青年といっしょに店を出る。通りの斜向かいにある古い二階建て民家が、光司の店舗兼住居だ。

玄関先で躊躇する青年に、笑顔で「大丈夫ですから」と繰り返すと、光司は、ガラガラと音を立てて引き戸を開けた。

引き戸の内側には八畳ほどの土間があり、そこには、昔駄菓子屋に置かれていたような背の低いショーケースが並んでいる。その間を通って奥へ進む。

居室に続く三和土で、青年は、手を使わず、足だけでスニーカーを脱ごうとし始めた。

手間取っている間に、その視線が、一番近いショーケースの中に向く。

「ああ、それ、琥珀《こはく》です」

横に立つ光司がショーケースに手を伸ばし、直径わずか二センチほどの黄金色に輝く透明な石を取り上げた。

「これ、気泡が閉じ込められた琥珀です。中に小《ち》っちゃい泡が入ってるのが見えるでしょう？　これ、一億年前の空気です。人類が誕生するはるか前に——」

「すいません」

靴を脱ぎ終えた青年が、強張った声を上げた。

「ああ、失礼」

肩をすくめると、光司は、廊下の先を指さした。

「廊下の汚れが気になるかもしれませんけど、そこは目をつぶって、先に進んでください。突き当たり左が洗面所です」

青年は、両方の手の平を上に向けたまま廊下を進み、顔をしかめながら洗面所のドアノブに手をかけて引き開け、中に入った。

すぐに、激しく水が流れる音が響き始める。喉を擦《こす》ったような悲鳴も、断続的に聞こえてくる。

青年は、明らかに「強迫性障害」だった。

6

洗面所に入ると、拓也は、必死になって手を洗い始めた。

ごしごしと、皮がむけるぐらい激しく両手を擦り合わせる。

この家に連れてきてくれた男性が、ポケットサイズのアルコールティッシュを二袋持ってきてくれた。

中から一枚取り出すと、まずアルコールティッシュの袋の表面をきれいに拭った。男性が触っているからだ。

次に、ティッシュを指に巻いたままスラックスのポケットからスマホを摘み出し、新しく取り出したティッシュで全体を拭いた。

自分の両手は、一袋全部を使って何度も擦った。

ようやく、汚れが薄くなった気がした。あとは、自分の部屋に帰ってから改めて洗えばいい。

ようやく少し気持ちに余裕ができると、この家の男性のことが気になり始めた。あの人はいったい何者なのだろうと思った。

気が済むまで洗面所を使ってくれてもいいと言ったり、アルコールティッシュを持ってきてくれたことを考えると、自分が罹《かか》っているこの病気に関する知識があるように思える。

ただ、玄関先に置かれたケースには、得体の知れない石ころが並べられていた。石を売る商売をしているということだろうか。

年齢は六十前後。ひょろりとした長身。白髪交じりのボサボサ髪に無精髭。一見やさしげな顔をしているが、カフェの洗面所から出たとき、自分に向けた視線は鋭かった。あのとき、病気のことを見抜かれたのかもしれない。

いずれにせよ、これ以上長居は無用だ。

ひとつ深呼吸すると、拓也は、ティッシュで指先を覆ったままノブに手をかけ、ドアを開けた。

廊下の先に、両手にゴム手袋をはめて男性が立っていた。

その後ろには、カフェの店主の女性もいる。こちらは七十歳前後か。まだ化粧はしていないが、目鼻立ちがくっきりしており、若い頃はさぞかし美人だっただろうと思える。小柄だが姿勢がよく、黒いチュニックセーターとグレーの細身のパンツがよく似合っている。

「私、『かざおりこうじ』といいます。こちらは、『まつもとさくらこ』さん」

拓也に歩み寄ると、男性は、手にしていた名刺を差し出した。

アルコールティッシュを巻いた手で受け取るかどうか躊躇していると、

「あ、ティッシュはそのままで結構です。せっかく洗ったんですから」

笑顔でそう言う。

名刺を受け取り、目を落とす。

肩書は「石売り」とだけ。その下には「風折光司」という名前と、店の住所、電話番号、メールアドレスが記されている。

「私、今は石を売ってますけど、元は精神科医なんです」

拓也は、驚いて名刺から顔を上げた。

「信じられへんかもしれへんけど、ほんまです」

後ろで櫻子が続ける。

「何か汚いものに触らはったんですね？」

「はい」

光司の質問に、思わず拓也は答えた。

「あなた、治療は受けてはりますか？」

「いえ」

「いつ頃から、今のような感じにならはりました？」

「去年の、十一月から」

光司が小さくうなずく。

「まだそんなには経《た》ってませんね。治療は早いほうがいい。あなたは、おそらく『強迫性障害』いう病気です。それはご存じですか？」

「はい。ネットで調べて……」

「ご存じなら話は早い。治療が必要です。これ」

すでに用意していたのだろう、光司は、上着のポケットから別の名刺を摘み出した。

「市内で精神科のクリニックをやってる、私の知り合いです。信頼できる医師です」

拓也は、名刺に目を落とした。ここからそれほど遠くない。

「あらかじめ私から連絡を取っておくこともできます。いきなりクリニックには行きづらい、いうんやったら、私でよければ話ぐらいは聞けますけどね」

「あなたが？」

「ええ。まあ、暇な身ですから……。もちろん、きちんと治療は受けたほうがいい。ここでは薬も出せませんから」

ネットでは、抗うつ剤が処方されることが多いと書いてあった。でも、それだけで完治することはないらしい。

「すいません」

まだ何か話そうとしていた光司を、手を上げて拓也は制した。残してきた自転車と、脱ぎ捨てたジャケットのことが気になっていた。

男ともみ合いになってから、すでに三十分以上経っている。自転車は、間違いなく男に盗られているだろう。ジャケットは、まだ残されていれば、クリーニングに出せば着られないことはない。

自分の名前を告げてから、かいつまんでそのときの状況を説明すると、光司は、いっしょに行く、と言い出した。

断ろうとする拓也を、今度は光司が制した。

「そろそろ人が出てくる時間ですからね、あなたひとりやったら不安やないですか？　何か手伝えることがあると思いますよ。ゴム手袋何組かと、アルコールティッシュ用意してきますから、ちょっと待っててください」

それだけ早口で言い、いったん近くの部屋の中に引っ込む。

「あんたも災難やったな」

櫻子が、気の毒そうな顔を向けた。

「けど、今思い返してみると、結構お年寄りやったんです。それなのに、二度も突き倒してしまって……。僕、今はバスにも地下鉄にも乗ることができなくて、自転車が唯一の移動手段なんです。それが盗られると思ったらパニックになってしまって……。あのあと、あの人がどうなったか気になってて……。痩せてて顔色も悪くて、なんだか病人のように見えたし」

「誰であれ、自転車盗むんは犯罪や。それを止めようとしたんやから、まあ、しゃあないわ。そんなに気に病むことないて」

拓也に笑みを向けながら土間に下りる。そろそろ開店準備をしなければいけないという。

「光司さんは、ああ見えて頼りんなる人やさかい、病気のこと、ちゃんと相談してみるとええわ」

櫻子は、去り際にそう言った。

廊下にひとり残された拓也は、渡された名刺に改めて目を落とした。

少しだけ希望の光が見えてきたような気がしていた。

7

東京に出ると、開は、親戚に紹介してもらった墨田区にある工作機械のメーカーで働き始めた。大きな会社ではなかったが、技術はしっかりしていた。母に仕送りをしながら、がむしゃらに働いた。

転機が訪れたのは、三十歳のときだった。親しくしていた会社の先輩から、独立をもちかけられたのだ。時代は一九八〇年代後半、バブル景気の走りで、資金はいくらでも調達できるという。迷った末、開はその話に乗ることにした。先輩は信頼できる人物だった。

ふたりは、小さな会社を興した。

経営は順調だった。銀行からの融資で次々に新しい機械を導入し、仕事の幅を広げていった。営業担当と経理のふたりを含めた四人だけで始めた会社は、数年後には、アルバイトとパートを含めて二十人を超える従業員を雇うまでになっていた。

開は、会社でパートをしていた女性と結婚し、一児をもうけた。浅草に3LDKのマンションを買い、京都にいる母を呼び寄せた。この頃が絶頂期だった。

ところが、一九九二年の夏頃から、資金繰りが苦しくなり始めた。前年にバブルが崩壊していたのだ。

従業員を解雇し、事業規模を縮小した。それでも、経営は悪化の一途をたどった。社長である先輩は、開が止めるのも聞かずに、個人の名義で怪しげな金融業者から金を借りるようになった。

万策尽きて会社が倒産したのは、一九九九年のことだった。会社の所有物だけでなく、マンションなどの私物も全て処分して借金返済に充てたが、それでも足りなかった。闇金から借金したのは社長個人だったが、先輩が無一文になると、専務という立場にあった開のところにも、借金の取り立てにやって来た。

開だけではなく、家族への嫌がらせも始まった。心労がたたったのか、心筋梗塞で母が急死した。妻は、子どもを連れて故郷の島根に帰った。開は全てを失った。

年が明けると、執拗な取り立てから逃れるため、東京を離れた。向かった先は大阪だった。開は、四十三歳になっていた。

8

「よかったら、道々、あなたのこと話してくれませんか？」

いっしょに外に出ると、光司は言った。

「嫌やったら、無理にとは言いませんけど」

「治療に、必要なことなんですよね」

「まあ、ここはクリニックやありませんから、治療いうわけやないですけどね。何か力になれることはあるかもしれません」

少しだけ迷ったが、拓也は、話すことに決めた。最後の櫻子の言葉が胸に残っていた。

二人並んで歩き出しながら、拓也は話し始めた。

＊

拓也の母親は、掃除好き、整理好きだった。家には埃ひとつ落ちておらず、物はいつも決まった場所に収められていた。ひとりっ子だった拓也に対しても、もちろん父親にも、身の回りはいつもきれいにしておくように、使ったものは必ず元の場所に戻すようにと、口を酸っぱくして言い続けた。

日常生活は普通に送れていたから、母親は、強迫性障害ではなかったと思う。ただ、その気質は、間違いなく拓也に受け継がれた。

拓也は、神経質な子どもだった。友だちの家のトイレの汚れが気になって用を足せず、走って家に帰ったこともあるし、よその家のスリッパを履くと、足の先がむずむずした。母親以外が握ったおにぎりは、食べることができなかった。

それでも、小学五年生になり、地域のサッカークラブに入ると、症状はやわらいだ。ユニフォームの汚れや、整理整頓されていない用具置き場のことを気にかける余裕などなかったし、チームメイトの母親たちが握ったおにぎりが練習の合間の食事だった。

サッカーをすることが楽しかったから、症状は抑えられていたのだと思う。中学高校と、拓也はサッカーを続けた。

子どもの頃の症状が再び出始めたのは、大学進学と同時に福井の実家を離れ、大阪でひとり暮らしを始めてからだ。拓也は、毎日のように部屋を掃除していたが、同じようにひとり暮らしをしている大学の友人の部屋は、どこも仰天するほど汚かった。トイレを使えず、スリッパにも足を入れられなくなった。

ひとりで過ごすことが多くなった拓也は、部屋に閉じこもって本ばかり読むようになった。ただ、日常生活に支障をきたすほどのことはなかった。大学にはきちんと通えていたし、少ないながら友人もいた。短い間だったが、同い年の女子学生と付き合ったこともある。それなりに楽しい学生生活だった。

大学を卒業すると、拓也は、営業職としてビルの管理会社で働き始めた。就きたかった仕事というわけではなかったし、人付き合いの面で辛《つら》いこともあったが、会社を辞めようと思ったことは一度もない。症状も、多少は出ていたが、深刻なものではなかった。

転機は、入社四年目に、営業部からホテルの清掃部へ異動したことで訪れた。

会社では、ホテルの清掃代行も請け負っており、拓也は、その清掃責任者として、哲学の道にほど近い五階建ての中規模ホテルに赴任するよう命じられた。チェックアウトのラッシュが始まる午前八時半過ぎから、三時のチェックインまでの間に、ホテル内の清掃を終わらせることが主な仕事だった。もっとも、実際の客室清掃はアジア人留学生が主力で、空いた客室への彼らの割り振りと、清掃の進捗状況の確認、清掃後の点検が拓也の役目だ。

拓也は、正直気が重かった。いくら自分が清掃することはほとんどないとはいえ、他人が汚した部屋に入らなければならない。

それでも、辞令には逆らえない。インバウンドの外国人観光客が増え始めていた昨年初め——。拓也は着任した。


初めて異変が起きたのは、十一月の下旬、日本語学校の行事のためにアジア人留学生がほとんど出勤できず、拓也自らが客室清掃をしていた日だった。紅葉シーズンのピークとあって、客室はほぼ埋まっており、チェックアウトする客の数も多かった。

その部屋に宿泊していた白人のカップルは、数日前からふたり揃ってゲホゲホと嫌な咳《せき》をしていた。コロナではないかと、拓也は疑っていた。

しかし、清掃をしないわけにはいかない。

ドアを開けると、室内は、泥棒にでも入られたような有様だった。テーブルには、食べ残したピザやパスタがそのまま残され、床には、プラスチックの取り皿や、菓子の空き袋や空き缶、丸めたティッシュ、タオルなどが散乱していた。汚れた下着まで落ちている。

部屋を散らかしたままにして出て行く宿泊客は多いが、ここまでひどい客は初めてだった。

足元を見ると、黄色く変色している丸まったティッシュが落ちていた。ティッシュに痰を吐いたように見えた。

――もしあのカップルがコロナに罹っていたら、あそこに病原体がいる。

前の年に、祖父がコロナで亡くなっていた。

棺《ひつぎ》に納められた祖父の顔が脳裏に浮かんだ瞬間、全身が固まった。床にも、壁にも、ベッドにも、そして部屋に立ち込めている濁った空気の中にも、ウイルスがいるのではないかと思った。この部屋は完全に汚染されている。

脂汗が背中を伝って流れ落ちた。全身がガクガクと震え始めた。

それでも、掃除はしなければならない。それが自分の仕事なのだ。

いったん部屋を出ると、拓也は事務所に引き返し、ゴム手袋を数組と、マスク、ビニール袋、それにガムテープを手に部屋に戻った。

二重にマスクをし、足元から膝の下までをビニール袋でぐるぐる巻きにしてガムテープで止め、ゴム手袋を重ねてはめた。そして、なんとか清掃を終えた。

その日の夕方、自転車で十五分ほどの自宅マンションに帰ると、玄関で服を脱ぎ捨て、裸になって浴室に直行した。一時間以上かけて、拓也は、全身を何度も洗った。

宿泊客のほとんどは外国人だったが、彼らは、コロナなど別世界の出来事だとでも思っているかのように、誰ひとりとしてマスクをせず、大声で話していた。廊下やロビーですれ違うときなど、拓也は、意識して距離をとるようになった。

客室に残されたゴミや、カーペットや廊下の染みも、気になり始めた。コロナとは関係ないとわかっていても、ウイルスに汚染されているように思えた。人員不足で自ら客室清掃しなければならなかった日や、数多くの宿泊客とすれ違った日などは、帰宅後、何時間も身体を洗い続けた。

当時は、そんなふうに感じるのは一時的なものだと、自分に言い聞かせた。仕事はなんとかこなすことができていた。観光シーズンで忙しく、日々の業務をこなすので精いっぱいだったせいもある。

十二月半ばになって紅葉シーズンが終わり、業務に余裕ができるようになると、わずかな薄い染みまで気になるようになった。客室の隅のチリや埃や髪の毛が、浮き上がって見えた。

ホテル中が汚れているように思えた。仕事中は何度もゴム手袋を取り換えた。咳をしている宿泊客を見ると、その場から逃げ出した。

ネットで自分の症状を調べると、「強迫性障害」という病気らしいことがわかった。様々なきっかけで発症し、いったん症状が出たら、精神科か心療内科での治療が必要だという。

年が明けるとほどなく会社に有給休暇の届けを出し、一番近い精神科のクリニックの前まで行った。しかし、病気の人たちと同じ待合室にいる時間のことを考えると、暗澹《あんたん》たる気分になった。

狭い空間に、複数の人といっしょにいなければならない。どんな人が座ったのかわからないソファにも腰を下ろしたくない。長い間待たされても、病気の人たちが使ったトイレには入れない。

クリニックの玄関前で、拓也は踵を返した。

それからは、ほとんどの時間をマンションの自室で過ごすようになった。

思い切って外出しても、道端に吐かれた痰や、丸めて捨てられたテッシュや、散歩中の犬がおしっこするところなどを見ると、慌てて引き返した。人ごみでちょっとでも人に触れただけで、汚れが移ったように感じた。

バスや地下鉄にも乗ることができなくなった。自転車で出かけることはできたのだが、ある日、マンションの駐輪場に自分の自転車を戻していたとき、あとから帰ってきた住人と狭い通路で身体が触れ合ったことがあり、それからは駐輪場に行くのも怖くなった。

症状は悪化の一途をたどった。

近くのコンビニに行く以外、拓也は、外出しないようになった。買い物は数分で済ませた。もちろん手袋をし、部屋に帰ったら買ったものはアルコールティッシュで拭き、何時間もシャワーを浴びた。

福井の実家に住む両親にも、友人にも、今の自分のことは話せなかった。家族には心配をかけたくなかったし、友人には病気のことを理解してもらえるかどうか不安だった。

会社には退職届を出した。理由は「一身上の都合」とだけ記した。

*

「あっ」

拓也は、思わず声を上げた。

病気に関することを光司にほとんど話し終えたときだった。道の先に、捨てたジャケットが見えた。自転車も、横倒しのままになっている。元の場所から動かされていない。

「あれですね？」

隣を歩いていた光司が尋ねる。

「はい」

躊躇する拓也に代わって、光司がジャケットを拾い上げる。

拓也は、歩きながら光司からもらったゴム手袋をはめた。

自転車を起こして、ハンドルとサドルをアルコールティッシュで擦り始める。歯を食いしばり、力をこめて、ティッシュがボロボロになるまで拭く。光司が手にしているビニール袋に使用済みのティッシュを入れると、新しく取り出し、また同じように擦る。それを何度も繰り返す。

「もう、そのへんで——」

光司の声で、拓也は我に返った。

道を散歩する人がちらほらと出始めていた。自転車を一心不乱に拭き続ける拓也の姿を、誰もが珍しげに眺めていく。

光司は、ジャケットを裏返してから丸め、自転車の籠の中に入れてくれた。汚れた部分を触らないようにとの配慮だ。マンションに帰ったらビニール袋に入れ、そのままクリーニング屋に持っていこうと思った。

光司に促され、拓也は、来た道を戻り始めた。うなだれ、地面を見つめながら、ゆっくり自転車を転がす。

「僕は……、治るんでしょうか」

視線を落としたまま、拓也は訊いた。

「これは厄介な病気でしてね」

穏やかな口調で、光司が話し始める。

「投薬は有効ですけど、治すには強い意志も必要なんです。けど、ひとつ覚えておいてほしいんは、あなたが特別異常いうわけやない、いうことです。人口の一、二パーセントがこの病気に罹るという統計もあるくらいで――、学校でも、ふたクラスにひとりぐらいは、将来、この病気を発症する子がいる、いうことになります。ただ、症状は様々でしてね、あなたのように汚れが気になって仕方がない人もいれば、戸締まりやガスの元栓なんかが気になって何度も確認してしまう人もいます。イングランドのサッカー選手でデビッド・ベッカムっていたでしょ？　自分で告白したようですけど、あの人は、物があるべきところにきちんと片付いてないと気が済まへん症状のようですね。左右対称であるかどうかも気になるようです」

拓也は、端正な顔をした往年の世界的スタープレーヤーの姿を思い浮かべた。そういえば、首筋に入れていたタトゥーも、左右対称だったような気がする。

「どんな人でも、程度の差はあれ、汚れは気になるし、戸締まりしたか心配になるし、物がきちんと置かれていないと落ち着かなかったりします。ただ、そういうことが気になり過ぎて日常生活が普通に送れへんようになるんが問題です。けど、大丈夫。治療を続ければ、生活に支障がない程度にまで症状を抑えることはできますから」

「はい」

さっきまではこの世の終わりのような気がしていたが、なんだか少し勇気が出た。

「クリニックには、私が紹介状を書くこともできますし、なんなら初回はいっしょに行ってもいいですよ。これも何かの縁ですから。暇な身なんで、遠慮せえへんと」

光司は、信頼できる人物に思えた。いざとなったらいっしょにクリニックに行ってもらえるというのも心強い。

「ひとつ、私からのアドバイスです。幽体離脱って、ご存じでしょ？」

「は——？」

拓也は、一瞬目を丸くした。

「魂が身体から抜けるっていう、あれですか？」

「そうです、それです。魂が身体から抜け出して、空中を漂ってるて想像するんです。それで、必死になってゴシゴシ手を洗ってる自分の姿を見下ろしてみるんです。きっと、なにアホなことやっててんのやろうって思いますから。アホらしいことをやり続けることほど、アホなことはありません。それで多少はブレーキがかかります」

確かにそうかもしれないと思う。一心不乱に手を洗い続ける自分の姿は、客観的に見たら相当滑稽だろう。

「自分の姿を、自分で笑い飛ばすんです。深刻になり過ぎないことです」

「はい」

再び自転車を押して歩き出しながら、拓也は、外出してよかったと思った。病気を発症してからの日々は絶望の連続だったが、今は希望が見えている。

銀閣寺道で光司と別れると、拓也は、全身に力をこめて自転車を漕ぎ出した。

9

ランチタイムが終わって、ひと息ついていた午後二時過ぎ——。遠くからサイレンの音が近づいてきた。パトカーだ。

櫻子は、テーブルを拭いていた手を止め、窓の外を見た。

幹線道路である白川通がすぐ近くを南北に延びているため、パトカーや消防車、救急車のサイレン音はしょっちゅう聞こえるのだが、今回は、どんどんこっちに近づいてくる。しかも一台ではない。

複数のサイレン音は、南の方角に向かっているようだ。ほどなく一ヶ所に集まり、大変な騒音になった。

「なんや、なんや」

櫻子は、思わず声を上げた。

七十歳を過ぎてもなお、好奇心の塊なのだ。これは放っておけない。

「ちょっと頼むわ」

洗い物をしているアルバイトの女子大生に声をかけると、櫻子は外に出た。

ドアの前で耳を澄ます。サイレンは、やはり南の方から聞こえてくる。

店の前の坂を西に下り、哲学の道と並行するように南北に延びている鹿ケ谷《ししがたに》通に出る。

そこを小走りに南に向かう。

ほんの数分で、前方に人だかりが見えた。その向こうには、何台も警察車両が停まっている。パトカーだけではなく大型のバンも見える。事件のようだ。

鹿ケ谷通から西へ折れる通りの手前で、規制線が張られていた。その周りには櫻子と同じように騒ぎを聞きつけた近所の住民が集まっており、車道にまで溢れ出している。

「ちょっとごめんなさい」

野次馬を掻き分けて一番前に出た。黄色いテープの向こう側には警備役の中年警察官が立っており、その数十メートル先の路上を、警察関係者が慌ただしく動き回っている。

「なにがあったんです？」

すぐ横にいる中年男性に訊くと、

「その先の空き家で死体が見つかったみたいですわ」

声をひそめるようにして答えた。

――空き家で死体。

鹿ケ谷通の周辺は住宅地域だ。長い間放置されたままの空き家も点在している。ただ、現場の空き家は一本筋を入ったところにあるらしく、規制線の前からでは見ることができない。

もう少し現場に近づく方法はないものかと考えていたとき、見知った顔が、道端で刑事らしい男と話しているのが目に留まった。店の常連客の佐々木《ささき》という老人だ。櫻子より六つ年上の七十八歳だが、いまだにかくしゃくとしている。そういえば、佐々木の家はこの近所だ。

じりじりしながら、櫻子は、ふたりの話が終わるのを待った。そして、刑事が離れると同時に大きく手を振った。佐々木が気づいた。

「やあ、サクラさんやないか」

こっちに向かって歩きながら、どこか得意げな顔で挨拶する。興奮しているのだろう、その顔が上気している。

警備の警官が、黄色いテープを持ち上げて佐々木を通してくれた。

「佐々木さん、なんで刑事と話してたんや」

「発見者やからな」

「あんたが第一発見者か？」

「いや。最初に見つけたんは、犬の散歩してた近所の奥さんや。犬がキャンキャン吠えるんで何事か思って外に出てみたら、その奥さんが大騒ぎしとって……、生垣の隙間から見たら、空き家の庭に男が倒れとった。生垣がな、ちょっと壊れてるとこがあんねん。その男も、そこから中に入り込んだんやと思うわ」

「この辺に住んでる人か？」

「いや、見たことない顔やった」

櫻子は、今朝の拓也の話を思い出した。

まさかとは思ったが、同一人物だとしたら、ややこしいことになる。

佐々木の腕をとり、野次馬の外へ引っ張り出す。

「どんな男やった？」

「まあまあ年寄りや。えらい頬がこけとった。顔色も悪かったな。最初は、死人やからか思うたけど、それにしても、土みたいな顔色しとった。病気やったんやないかな」

――痩せてて顔色も悪くて、なんだか病人のように見えたし。

拓也の言葉が甦る。

「どないしたんや？」

黙り込んだ櫻子に、佐々木が尋ねた。

「いや、なんでもない。おおきにありがとう」

礼を言うと、その場を離れた。

死んでいたのは、今朝拓也ともめた男と同一人物のような気がする。だとしたら、死因が問題だ。

拓也は、二度男を突き倒したと言っていた。そのときの怪我がもとで亡くなったということはないだろうか。

昔見たサスペンスドラマの中で、頭を強く打った男が、朦朧としながらも歩き続けて、事件現場から離れた場所で死ぬというシーンがあった。

拓也に突き倒されたあと、男はここまで来た。そして、脳出血が原因で急死した。その可能性はないだろうか。

最初男は、自転車を盗もうとしていたはずなのだ。それなのに、同じ場所に残されていた。それはつまり、男が自転車に乗れないほど弱っていたということなのではないか。頭を打ったあと、ふらつきながらここまで歩いてきたのかもしれない。

酔っぱらったような千鳥足で歩く男の姿が頭に浮かんだ。ただ、どうしてここに来たのかがわからない。もめ事を起こした場所からここまでは、おそらく数百メートルは離れている。

櫻子は、現場のほうを振り返った。さっきから、何かがひっかかっていた。

——まあまあ年寄り、こけた頰、土色の顔。

ああそうか、と櫻子は思い出した。

似た人物が、確か一昨日、店に来ている。ひとりで来て、カウンターの一番端に座って、黙ってコーヒーを飲んでいた。初めて見る顔だし、忙しかったから、口を利くこともなかった。確かに、痩せこけていて、顔色が悪かった。

——多分、あの男や。

ということは、少なくとも一昨日からこの辺にいたということになる。男は何か目的があったのだろうか。

光司に話してみようと思った。ただ、急いで出てきたので、今はスマホを持っていない。

店に戻ろうと歩きかけ、ふと櫻子は立ち止まった。

まだ何かがひっかかっている。頭の中のモヤモヤが晴れない。

拓也と男がもみ合いになった場所まで行ってみようと思った。やはり、男が何故ここまで来たのかが気になる。どのくらいの距離があるのかも確かめておきたい。

櫻子は、坂道を東側に上がっていった。数十メートル先に哲学の道がある。

坂道を上がると、霊鑑寺に続く「第一寺の前橋」の前に出た。拓也が男ともみ合った場所は、そこから二百メートルほど北にある。

店に来たときの男の姿を思い浮かべながら、櫻子は、哲学の道を歩いた。頭の中のモヤモヤは濃くなっていくばかりだ。

拓也が自転車を置いたという橋の前に着いた。死体が見つかった空き家からここまで、歩いて七、八分だろうか。

——なんで、わざわざあそこまで行ったんやろう。

橋のたもとに佇んだまま、櫻子は考えた。

その視線が、石柱に刻まれた橋の名前に向く。「櫻橋」。

自分と同じ名前の橋があることは、もちろん昔から知っていたが、気にしたことはなかった。

櫻橋のたもとに放置された自転車。それを盗もうとした男。

ちかちかと、頭の中で何かが点滅した。

――ああ、そうか。

何がひっかかっていたのか、ようやくわかった。

櫻子は、来た道を走り出した。本気で走るのは何年かぶりだ。急いで行けば、佐々木はまだあの場所にいるかもしれない。

つまずきそうになりながら、坂道を駆け下りる。

野次馬の外側で、佐々木は、数人に囲まれていた。死体を見つけたときのことを話しているのだ。

「佐々木さん！」

呼びかけながら駆け寄る。足がつりそうになっているが、それどころではない。

何事だ、というように、佐々木がこっちに顔を向ける。

「訊きたいことがあんねん」

息を切らしながら、櫻子は言った。

10

開が倒れたのは、二〇二三年の夏――。東大阪にある町工場で働いているときだった。作業中に意識を失い、病院に担ぎ込まれた。

検査のあと、親族を呼ぶよう言われたが、離婚した妻は島根で再婚しており、ひとり息子も結婚して家を出ていた。息子には、成人したとき会ったきりで、結婚式にも呼ばれなかった。今はどこに住んでいるのかもわからない。

天涯孤独の身の上だと告白すると、医師は仕方なく病状について話してくれた。すでに手の施しようがなく、余命は一年ぐらいだろうという。

年が明けると、いよいよ身体が弱ってきた。それまでも入退院を繰り返していたが、もし今度入院したら、二度と出てはこられないだろうと思った。

その旅行雑誌を見つけたのは偶然だった。昼飯を買おうとコンビニに入ったとき、桜の時期に訪れたい場所として京都の哲学の道が特集されていたのだ。

子どもの頃の思い出が甦り、思わず買い求めて、ひとり暮らしの狭いアパートでページを開いた。哲学の道周辺の見所や店舗が紹介されていた。

その中の小さな記事に、開の目は釘付けになった。

『元芸妓《げいこ》の元気なおばあちゃんが営むカフェ「櫻」』

その見出しの下に、店主らしい女性の写真が小さく掲載されている。

――櫻子。

突然、お姉ちゃんの名前を思い出した。

食い入るように写真に目をやる。わずかだが、面影が残っているような気がした。元芸妓という経歴も、年齢的にも一致する。

――死ぬ前に、桜が満開の哲学の道を歩いてみたい。

――お姉ちゃんにもう一度会いたい。

雑誌の上に涙をこぼしながら、開は思った。

11

死体発見から五日後――。拓也は、哲学の道を訪れた。
満開の時期を過ぎ、桜は散り始めていた。それでもまだ、観光客はやって来る。時刻は午前七時前だが、すでにちらほらと散策する外国人の姿がある。

自転車を押しながら、拓也は、哲学の道を歩いた。櫻橋を過ぎ、第一寺の前橋の前から西に続く坂道を下りる。

鹿ケ谷通を渡って住宅地に入ると、死体が見つかった空き家の前に行った。

拓也は、目を閉じ、手を合わせた。


男性の身元は、すでにわかっていた。

亡くなる三日前から拓也が勤めていたホテルに泊まっており、部屋に遺された所持品から身分証明書が見つかっていた。

検視の結果、外傷はなく、脳出血なども起こしていないことがわかった。病気に冒された身体はすでに衰弱しきっており、いつ亡くなってもおかしくないような状態だったらしい。拓也に突き倒されたことと、空き家に歩いて向かったことで、最後に残った体力を使い果たしてしまったようだ。死因は「心不全」とされた。

死体が発見された日の夜のニュースで男のことを知り、拓也は、光司に連絡を取った。そのときは、もしかしたら男の死の原因が自分にあるかもしれないと思った。どうすればいいのかわからなかった。光司に促され、拓也は警察に出頭した。光司も付き添い、亡くなった人物との間で起きたことを、拓也の病気のことも含めて、担当の警察官に話してくれた。

男性の死因が病気にあることがわかっていたことと、拓也が突き倒したのは自転車を盗むのをやめさせるためだったという事情から、勾留されることはなかった。翌日、改めて事情聴取を受けたが、罪に問われることはないだろうと、担当の警察官は言った。


空き家の前を離れ、鹿ケ谷通に出ると、拓也は、カフェ「櫻」に向かった。

人ごみにはまだ行けないし、接するほど人の近くに寄ることもできない。ただ、自宅マンションとコンビニの往復しかしていなかった時期と比べれば、症状は、少しだけだが、確かに改善していた。光司と知り合ったことで精神的に楽になったこともあるが、警察での聴取などで否応なく外に出なければならなくなったことも、結果としてはよかったのかもしれない。

店の前に着くと、道路際に自転車を停めた。今の時期は午前七時から店を開けると聞いていたのだが、ドアにはまだ「準備中」の札がかかっている。

少しだけ迷ったが、拓也は、手袋をはめた手をノブに伸ばした。「おはようございます」と声をかけながらドアを押し開ける。

店内は薄暗かった。奥に目を向けると、櫻子がテーブル席に座っていた。拓也が入ってきたのにも気づかない様子で、ぼんやりテーブルに目を落としている。

歩み寄りながら改めて挨拶すると、ようやく顔を上げた。しかし、その表情は虚ろで、拓也を見ても、ああ、と言ったきり口を閉ざした。手土産の菓子折りを渡して礼を言っても、どこか上の空のように見えた。

早々に店を出た。

ちょうど「石屋」の玄関が開き、中から光司が姿を見せた。石を並べたワゴンを引っ張り出そうとしている。こっちに背中を向けているので、拓也にはまだ気づいていない。

『今月のお買い得品〈虫入り琥珀〉ミャンマー産　一億年前の虫がそのままの姿で閉じ込められています　大特価一個千円！』

ワゴンの前に貼り付けられた宣伝文句を読みながら近づき、背後から声をかける。

振り返った光司は、拓也を見て頬を弛《ゆる》めた。

「おはようございます」

拓也は頭を下げた。

「ああ、おはよう」

変わらぬ穏やかな笑みで、光司は、家の中に招じ入れてくれた。三和土を上がって左手にある和室で、座卓を挟み、向かい合って腰を下ろす。

手土産の菓子を渡すと、拓也は、福井の実家に帰ることを告げた。

「家族に病気のことを話したら、こっちに帰って来いって。僕は、まだ普通には働けそうにないし、お金もないですから」

「そうですか。この病気は、身近な人の支えがあったほうがいいですからね。ご家族といっしょなら安心です」

「はい」

拓也は、はにかんだような笑みを浮かべた。

「やってます、幽体離脱。なにアホなことやってるんやって、自分で自分を笑い飛ばしてます。すごく効き目があるように思います。これからも続けます」

「そう。それはよかった。あ、ちょっと待っててください」

光司は、不意に立ち上がり、部屋から出ていった。一分もしないうちに戻ってくると、小さな石を差し出す。

「この前ここに来たとき、あなたが目をつけた石です。一億年前の空気が閉じ込められている琥珀です。あなたに差し上げます。お守りにするといい」

「お守り、ですか？」

「人類が誕生するはるか以前の空気です。つまり、人の手で汚染されていないわけです。

今のこの世界で、一番きれいなものかもしれません」

拓也は、手の平の上の黄金色の小さな石に目を落とした。その中に、爪の先ほどの大きさもない泡のようなものが見える。そこに、一億年前の空気が入っているということか。

「それを持ってるからいうて、病気がよくなるわけやありませんけどね。けど、何か汚いもの見たり、触ったりしてしまったとき、自分は世界で一番きれいなものを身に着けてるんやて思ったら、ちょっとは気持ちが楽になるかもしれません」

拓也は、しばらくの間、じっと気泡入り琥珀を見つめた。

確かに、力になってくれそうな気がした。最高のお守りだ。

「ありがとうございます」

洗濯したばかりのハンカチに琥珀を包み、上着のポケットにしまう。

「病気がよくなったら、またここに戻って来たいです。桜の季節に。できれば、来年とか再来年に」

「焦らないで大丈夫です。あなたは若い。桜はずっとここにあります」

光司は微笑んだ。

光司の家を出ると、拓也は、自転車を押しながら歩き出した。

哲学の道では、風に乗り桜の花びらが舞っていた。足を止め、目の前の桜並木に目を向ける。

音もなく、桜が舞い落ちてくる。

——雪よりも死よりもしずかにまいおちる。

学生時代に読んだ詩の一節を思い出した。

ふと、自転車にまたがっていた男性の姿が浮かんだ。その背後には、美しい桜並木が続いていた。

彼も、哲学の道の桜が見たくてここに来たのかもしれない。最期に見た桜は、彼の目にどんなふうに映ったのだろう。

目を閉じると、拓也は、亡くなった男性の冥福を改めて祈った。

12

ドアが開いたのに、櫻子は気づかなかった。

「サクラさん」

名前を呼ばれて顔を上げると、目の前に光司が立っていた。

「もう八時過ぎてんで。今日も店休むんか？」

死体が見つかった翌日から、櫻子は店を閉めていた。仕事をする気力はなかった。

「どっか悪いんか？　この前は、風邪ひいたからちょっと休むけど、心配ないて言うてたやんか」

光司は、椅子を引いて櫻子の正面に座った。

「ほんまは、他になんか理由があんのか？」

光司にはまだ本当のことを話していない。話そうと思いながらも、なかなか言い出せないでいた。

今がそのときなのかもしれない。

「なあ、光司さん」

櫻子は、上目遣いに光司を見た。

「人生て、思いもかけんことが起こりよるな。この歳になっても、びっくりすることだらけや」

「なんの話や」

「知ってる人やってん」

「誰が？」

「空き家で死んでた男の人」

光司は驚いたようだ。目を見開き、息を呑んだ。

「子どもの頃、ちょっとな」

櫻子は、自分が祇園《ぎおん》にいたこと以外、昔のことはほとんど話していない。光司も同じだった。お互い、過去に痛みを抱えていることはなんとなくわかっている。

「あの人な、店にも来てたんや。亡くなる二日前や」

「ここに？」

「ああ。客としてな。ひとりで来て静かにコーヒー飲んで、帰っていかはった。あの人が言うたんは『ホットコーヒー』だけ。私が言うたんは『お待ちどおさま』と『おおきにありがとうございました』だけや」

「その人、サクラさんの店やて知ってて来たんやろ？」

「多分な」

「そんなら、なんで声かけへんかったんやろ」

「それはな、なんとなくわかる気ぃする」

光司は首を傾げた。

「私がな、同じやってん。中学卒業して、舞妓になって……、それから三年して、もうすぐ芸妓になるってときにな、昔住んでたアパートの前に行ったことがあるんや。その子のこと、弟みたいに可愛がってたことがあったから、ちょっとでも会えたらええな思て。そしたらな――」

櫻子は、薄く目を閉じた。

「あの子、中学の同級生と歩いてきたんや。男の子ひとりと、セーラー服着た可愛らしい女の子ふたりといっしょやった。学校帰りにダブルデートでもしとったんやろ。楽しそうに笑《わろ》とった。それ見てな、ああ、この子とは住む世界が違《ちご》うてしもた、もう私なんかと関わったらあかん。そう思たんや」

「それで……、声かけへんかったんか」

「ああ。背中向けて逃げ出したわ。それきり、二度とアパートには近づけへんかった」

「けど、その人、わざわざ店に訪ねてきはったのに――」

「ネットにな、今回のことが割と詳しく出てたんや。空き家で死体が見つかるなんて、まあ、そんなにあることやないから、ルポライターみたいな人が調べはったみたいでな。亡くなった人のことも載ってたんや。働いてた工場の同僚の人から聞いた話らしいんやけど、無口で真面目で仕事は一生懸命してたて。けど、昔東京でいろいろあって、家族とも別れて、逃げるみたいにして大阪出てきたんやて。ひとりで住んでた小っちゃいアパートと職場往復するような毎日やったて」

櫻子は、顔を両手で覆った。

「多分な、もう長《なご》う生きられへんてわかって、死ぬ前にここに戻ってきたんや。それで私のことどっかで知って、店に来てくれはったんや思う。そんとき、店は、観光客と常連でいっぱいでな——、私は、観光客に愛想振りまいて、常連の客とゲラゲラ笑って話して、忙しくしてた。ひとりでぽつんとコーヒー飲んでる客のこと、気にする余裕はなかったんや。あの人はな、そんな私見て、きっと声かけるんやめたんや。私のせいや。もし声かけてくれてたら、あんな死に方せえへんで済んだかもしれへん」

「サクラさんのせいやない」

やさしい口調で、光司は言った。

「サクラさんは、いつも通りしてただけなんやから。それに、もしかしたら、彼は、元々名乗り出るつもりはなかったんかもしれへん」

光司は、それ以上何も言わなかった。櫻子が静かに涙を流すのを、黙って見守ってくれた。

櫻子は、自分の記憶の中にある男の子の顔を思い浮かべた。

真っ赤な頰《ほ》っぺの、くりくりした大きな目をした可愛い少年——。店に来たときのやつれ果てた姿とは、どうしても結びつかない。それが悲しい。

最期に彼が何故あの空き家に向かったのかは、もうわかっている。あの地域は昔とはがらりと景色が変わっているのだが、生まれたときからあの近くに住み続けている佐々木が覚えていた。

それを知ったとき、櫻子の胸は張り裂けそうになった。

——開ちゃん。

泣きながら、心の中で櫻子は名前を呼んだ。

13

声をかけるつもりは、最初からなかった。

六十年近くも前に近所に住んでいた子どものことを、お姉ちゃんが覚えているとは思えなかったし、たとえ覚えていたとしても、こんな死にぞこないに名乗られても迷惑でしかないだろう。

お姉ちゃんは元気そうだった。どんな人生を送ってきたかはわからないが、今は幸せそうに見えた。自分とは大違いだ。

店を出ると、哲学の道を歩いた。子どもの頃の思い出が甦り、久しぶりに気持ちが弾んだ。

しかし、翌日は、疲れのせいで動くことができず、一日中ホテルのベッドの上にいた。食事もとれず、水だけを飲んだ。

その日の夜は、胸が苦しく、息ができず、ほとんど一睡もできなかった。死期がもうすぐそこまで近づいていることを、開は知った。

明け方にホテルを出た。もう一度だけ哲学の道を歩いてみたかった。そのあと、大阪に戻り、入院する。そして、死ぬ。

櫻橋の前に出た。自転車が停めてあった。見ると、鍵がかかっていない。辺りを見回した。人影はない。放置自転車かもしれない。

不意に、桜咲く道を、お姉ちゃんとサイクリングしたときのことを思い出した。お姉ちゃんの名前がついた橋のたもとに、放置された自転車がある。最期に神様がくれたプレゼントだと、朦朧とする頭で思った。

開は、ふらつきながらも、なんとか自転車にまたがった。片足を地面につけて踏ん張り、片足をペダルにかける。

時間が巻き戻った。前を走るお姉ちゃんの幻が見えた。お姉ちゃんは、早く早く、と手招きしている。

ペダルを漕ぎ出そうとしたとき、後ろで声がした。

振り返ると、若い男が立っていた。この自転車の持ち主だと、すぐにわかった。しかし、自転車から降りようとしても、足を持ち上げることができない。少しでも動いたら、バランスを崩して倒れてしまいそうだ。

ぐずぐずしていると、男がこっちに向かって走って来た。

地面に倒れたとき、お姉ちゃんの幻は消えた。最期の夢が砕かれたのだとわかり、頭の中が真っ白になった。立ち上がると、無意識のうちに男に突っかかっていた。

そして、もう一度倒された。

やっとのことで起き上がると、男の姿は消えていた。自転車は残されている。でも、ペダルを漕ぐ力はもう残っていない。

またお姉ちゃんの幻が見えた。おいでおいでをしている。そこに向かって歩き出す。立ち止まり、膝に手をあてて休み、また歩き出し、少しずつ目の前の坂を下っていく。自分がどこに向かっているのかわからなかった。ただ、お姉ちゃんの幻に導かれるようにして、開は歩いた。

住宅地に入ったとき、ようやく自分が目指している場所がわかった。本当は、昨日行ってみるつもりだったところだ。

ただ、近くまで来ていることはわかっても、正確な場所がわからない。

ふと思いついて、開は、上着のポケットから財布を取り出し、セピア色に変色した二枚の写真を抜いた。お姉ちゃんとお母ちゃんといっしょに、アパートの前で撮った写真だ。

その二枚とも、写真の左下に、石の台座に載ったお地蔵様が写っていた。京都では、あちこちの街角にお地蔵様が祀られている。周辺の家並みが変わっても、これだけは残っていることが多い。

お地蔵様は、すぐに見つかった。しかし、アパートはない。そこには大きな家が建っていた。建物は荒れ果て、玄関の周りは雑草が生え放題になっている。

家の裏側に回ると、生垣に壊れているところを見つけた。

もう限界だった。ホテルに引き返す体力は残っていない。

とにかく休みたかった。

目の前から荒れ果てた家が消え、懐かしいアパートの姿が浮かび上がった。

二階の開放廊下の手すりの向こうで、お姉ちゃんとお母ちゃんが寄り添い、こっちに向かっておいでおいでをしている。

呼ばれるままに、生垣の隙間から庭に入る。

帰って来たのだと、開は思った。
仰向けに横たわり、ゆっくり目を閉じる。
わずかに残っていた意識が、明けたばかりの朝の空に吸い込まれていく。
最期の瞬間——、開は、自分の身体の上に桜の花がひとひら舞い落ちるのを感じた。

カラスの数は——虫入り琥珀

1

午前八時半——。カフェの二階にある自宅でコーヒーとヨーグルトだけの軽い朝食を済ませると、松本櫻子は、日課にしている散歩に出かけた。白い半袖Tシャツと濃紺のスエットパンツ、赤いスニーカー。小さなリュックには、タオルとミネラルウォーターが入っている。

まずは店の前の坂道を数十メートル上がり、哲学の道に出る。

哲学の道は、北は銀閣寺参道の手前から南は若王子神社まで延びる一・五キロほどの散歩道で、櫻子が店主を務めるカフェ「櫻」は、そのやや北寄りに位置している。若王子神社までは一キロといったところだ。

櫻子の散歩コースは、若王子神社までの往復と決まっている。往復二キロの道のりを、鍛錬のつもりで普段より速足で歩く。七十歳を越えた二年前から、足腰が弱ってきたと感じることが増えている。しかし、まだまだ隠居などしたくない。

陽の光がきらきらと木々の緑を輝かせている。八月初めの哲学の道は、緑が目に痛いほどだ。

観光客がやって来る時間にはまだ早く、すれ違うのは地元の住民がほとんどだ。軽く挨拶を交わしながら、立ち止まることなく歩き続ける。

若王子神社は、歴史ある由緒正しき神社らしいが、その成り立ちについて、櫻子はよく知らない。本殿で手を合わせたことも数えるほどしかない。ここに来る目的は、本殿の隣にある「恵比須殿《えびすでん》」にお参りすることだ。

京都のえびす神社といえば、東山区にあって「日本三大えびす」のひとつに数えられる「京都ゑびす神社」が有名で、こちら若王子神社の恵比須殿はそれほど知られていない。でも、ここには、寄木造《よせぎづくり》の実に見事な恵比須神像が祀られている。元々夷川《えびすがわ》通にあったものを応仁の乱をきっかけに移転したというから、歴史的にも価値があるものだ。

もっと広く知られてもええのにな――、と櫻子は思う。ただ、観光客が押し寄せるようになったら、それはそれで鬱陶しい。

カフェを出て十分ほどで、若王子神社の前に着いた。

境内はさほど広くない。短い石段を上って鳥居をくぐり、真っ直ぐ恵比須殿に向かっていたとき——、右奥にある本殿の前に、見覚えのある後ろ姿が見えた。

——光司さん？

ひょろりとした長身に、白髪交じりのボサボサ頭。間違いない。

光司は、本殿の前に掲げられた大きな額をじっと見上げている。額の中には、確か『熊野大権現』という文字が書かれていたはずだ。

何がそんなに気になるのだろう、と首をひねりながら近づき、「光司さん」と声をかける。

光司は、驚いたような顔で振り返った。

「サクラさんか。おはよう」

その顔に、いつもの人なつっこい笑みが浮かぶ。

「おはようさん。こんな朝っぱらから何してんの」

「サクラさんこそ」

「私はな、えべっさんに商売繁盛願うんが、ここんところの毎朝のルーティーンなんや」

「ああ、そうなんや」

「何見てたんや」

光司の横に立つと、櫻子は、頭上の大きな額を見上げた。緑色の地の上に『熊野大権現』という金色の文字が浮かび上がっている。堂々としているが、どこか崩したような感じの文字だ。

「カラスをな、数えてたんや」

「カラス？」

思わず繰り返した。

どういう意味や――、と訊き返そうとしたとき、腕時計に目を落とした光司が、「あっ」と声を上げた。

「あかん。もう帰らんと。お客さんが来《く》んねん」

「こんな時間にお客さん？」

「客いうても、石のお客さんとちゃうで」

「そんなんわかってるわ」

光司の店に客が入るところなど、ほとんど見たことはない。朝早くから石を買いにやって来る物好きがいるとは、とても思えない。

「古い友だちやねん。九時ぴったりに来るから、もう行くわ」

それだけ言い置くと、光司は、櫻子を残してさっさと歩き出した。

恵比須殿にお参りすると、櫻子はあとを追った。光司に来客とは珍しい。どんな人物が訪ねて来るのか興味が湧いた。

いつも以上に速足で歩いたのだが、光司も急いでいるのか、哲学の道では追いつけなかった。

カフェに続く坂道まで来て見下ろすと、櫻子に背を向けた恰好で光司が自分の家の前に立っていた。前方から坂道を上って来る男性のほうに手を振っている。腕時計を見ると、九時ちょうどだった。時間にうるさい客のようだ。

ゆっくり坂道を下りながら、櫻子は、男性に目を向けた。

年齢は、光司と同じ六十前後だろうか。小柄で細身、半白の髪はおかっぱ刈りのように切り揃えられ、黒縁の眼鏡をかけている。紺色のポロシャツにベージュのパンツ、白いスニーカー、背には大きなリュック。ちらちらと光司のほうを見てはいるが、その視線は落ち着きなくあちこちをさ迷っている。ただ、落ち着かないのは視線だけではない。胸の辺りまで上げた右手の指は、痙攣《けいれん》しているように細かく動いている。

ちょっと変わった人やな、と櫻子は思った。以前、光司が診ていた患者だろうか。でも、光司は「古い友だち」と言っていた。どういう関係なのか、ますます興味が湧いた。

光司の目の前まで来ても、男性の視線は定まらない。指の動きも止まらない。

男性が、一瞬だけ櫻子に視線を向けた。その目の動きに気づいたのか、光司が振り返る。

「ああ、サクラさん、紹介するわ」

こっちへ来い、というように手招きする。

櫻子は、光司の横に立った。

「こちら、清水達彦《しみずたつひこ》さん。で、こちらは松本櫻子さん」

光司は、道を隔てた斜向かいを指さした。

「そこのカフェのオーナーさん」

「初めまして、マツモトサクラコさん」

やや早口で達彦は挨拶した。ただ、まともにこっちを見ようとはしない。

「初めまして」

櫻子が挨拶を返すと、達彦は、視線を逸《そ》らしたまま、はにかんだような笑みを浮かべた。

「入ろか」

光司が玄関の引き戸に手をかけて引く。ガラガラという音が響いたとたん、達彦は、顔をしかめながら手の平で両耳を覆った。

「ああ、ごめんごめん。年々たてつけが悪なっとって」

どうやら音に敏感なようだ。

「じゃ、サクラさん、あとで行くから」

達彦の後ろから家に入ると、光司は、今度は、音を立てないようにそっと引き戸を戻した。

「古い友だちねえ……」

ふたりが消えた玄関先で、櫻子はつぶやいた。

どんな関係か、やはり気になる。ただ、今はあまりのんびりとはしていられない。軽くシャワーを浴びたら、すぐに十時の開店に向けて準備に取りかからなければならない。

彼のことはあとで光司に訊いてみよう、と思いながら、櫻子は自分の店に戻った。

2

光司がやって来たのは、開店間もない午前十時過ぎだった。客はまだいない。櫻子は、カウンターの内側でコーヒー豆を挽《ひ》いていた。

「ブレンドで」

正面のスツール席に腰を下ろしながら、光司が注文した。夏でも、光司は、ホットコーヒーしか飲まない。

「お客さん、ほっといてええんか？」

「大丈夫。これから一時間は、石、磨いてるから」

――石、磨いてる？

思わず豆を挽く手を止めた。

「なんで？」

「好きなんや、石が」

「なんや、光司さんの同好の士か」

「というか、彼は元々伯父と親しくて、石好きは伯父の影響なんやけどね」

「太一郎さんの？」

「うん」

光司の伯父は、八年近く前に九十五歳で亡くなったが、櫻子とは少なからぬ関わりがある。

太一郎は、芸妓時代から櫻子が世話になっていた呉服屋の社長の幼馴染《おさななじみ》だった。ふたりはとても仲がよく、芸妓を辞めたあと櫻子がママをしていた祇園近くの小さなバーに、たまに連れ立って呑みに来ることがあった。そのときはいつも、珍しい石のことを楽しそうに話していた。

九十歳で社長が天寿を全うしたあと、彼の家族との間で金銭を巡るトラブルが起きたとき、櫻子を助けてくれたのは太一郎だった。

当時の太一郎は、九十歳とは思えないほどかくしゃくとしており、頭もよく回った。櫻子を連れて法律事務所に行き、弁護士といっしょに遺族との間に入って、なんとかトラブルを収めてくれた。

バーは手放すことになってしまったが、太一郎は、やはり自ら不動産屋に出向いて、かわりの店を探してくれた。居抜きで賃貸に出されていた空き店舗はいくつかあったが、太一郎の家のすぐ前だったことと、中学生のとき住んでいた思い出の地域にあったことで、ここにカフェを開くことを即決した。初期費用や保証人についても、太一郎は力になってくれた。櫻子にとっては大恩人だ。

彼は変わり者だった。

航空会社のパイロットをしていたが、五十代半ばで引退すると、それまで住んでいた東京のマンションを売り払って故郷である京都に戻り、ここに「石屋」を開いた。それからは限られた人としか付き合わず、出歩くこともほとんどなく、隠遁《いんとん》生活といってもいいような日々を送っていた。

その伯父のあとを継いだのが光司だ。

目の前にいる太一郎の甥《おい》っ子に、櫻子は目を向けた。確かにどこか似ていなくもない。

「なに？　顔に、なんかついてる？」

「なんもない」

肩をすくめると、櫻子は、コーヒーを淹れる準備を始めた。

「さっきの人、前にも来たことあるんか？」

「最後に来たんは、四年ぐらい前かな」

「私は、会《お》うてないよな」

「知らん人と話すんは苦手なんや。せやから、特に紹介はせえへんかった」

「そうなんや」

櫻子が小さくうなずく。

「けど、あの人、ほんまにこれから一時間も、石、磨かはんのか？」

「彼は自閉症なんや。僕らでは考えられへんけど、何か始めると、しばらくの間はそのことだけに集中してしまうねん。そういうときは、途中で止めへんほうがええ。今日は、石磨きながら、亡くなった伯父と話してるんちゃうかな」

「なんや、オカルト系か？　霊能者とかとちゃうやろな」

「まさか」

光司は頬を弛めた。

「伯父との思い出を辿ってるってことやがな。ふたりの付き合いは達彦くんが中学生の頃からで、伯父は、実の子どもみたいに可愛がってはったから」

「近くに住んではんのか？」

「今は東京。彼はコンピューターのプログラマーや。アメリカのシリコンバレーで働いてたこともあるんやで」

「シリコンバレーて、大《お》っきなコンピューターの会社が集まってるとこやろ？　そんなとこで働けるん？」

「うん。実際に、達彦くんみたいな人が結構働いてるみたいや」

「へえ」

櫻子は、驚きに目を見開いた。

「そういや、自閉症の人は特殊な能力があるて、聞いたか読んだかした覚えがあんな」

「いやいや、みんながみんな特殊な能力持ってるいうわけやないよ。人それぞれ個性も才能も違うやんか。自閉症の人かて同じや。達彦くんはとびきり優秀やから、日本の会社からシリコンバレーに引き抜かれたんやけど——、ただ、自閉症の人て、数字が好きなことが多いのは確かみたいやな」

「数字が好き？」

「数字の1は1の意味しかないやろ。1足す1は2、2引く2は0。きっちりルールが決まってて、単純明快や。自閉症の人て、いくつも違う解釈ができるようなあいまいなことは苦手なんやけど、決まったルールに基づいて表してあることはきちんと理解できるし、ルール通りに何かをするんが好きなんや。ルールに従って何かしてるときは気分もいいみたいでね、何時間でも飽きずにやってられるんや」

「石磨きも？」

「そうそう。数字やなくても、決まったことをやり続けるんが楽しいみたいやね。逆に、状況に応じて臨機応変に対応したり、相手に合わせて話をすることなんかは難しいみたいや。考えてることをそのまま言葉にするんも、なかなか大変らしいわ」

「ふうん……」

櫻子は、ブレンドコーヒーの入ったカップをカウンターに置いた。

「けど、自閉症の子どもが、どうやって太一郎さんと知り合《お》うたんや？」

「達彦くんの実家が、この近所にあったんや。伯父がここに店出して間もない頃、達彦くんが店の前通りかかったときに、外に出したワゴンに並んでた化石見て、興味持ったらしくて——、何度か行ったり来たりしたあと、『これはなんですか？』って伯父に訊いたらしい。それがきっかけで、ふたりは仲良うなって、達彦くんは伯父の家に入り浸るようになった。——というか、学校帰りに伯父の家に寄ることが、彼のルーティーンになった。彼は、毎日決まった時間に来て、一時間きっちり石を磨くんや」

人との付き合いはほとんどなかったのに、自閉症児は受け入れていたということか。太一郎らしいと言えなくもない。

「ほんで、あんたとはどう関わんねん。あんた、子どもの頃は奈良に住んでたんやろ」

「中三の夏休みにな、プチ家出したことがあんねん」

「プチ——？」

「進路のことで両親と言い争いになってね、次の日の朝、『しばらく帰りません』って書き置き残して、荷物持って家を出たんや。けど、伯父のとこに行くってのはミエミエで、こっちに着く前に連絡が入ってて、伯父は僕を待ち構えとった。そのあと、夏休みの宿題やら参考書やら着替えやらがドッサリ送られてきた。伯父が、しばらく預かるからて両親に言うてくれたみたいでね、夏休みの間は、ほとんどこっちにおった。毎日楽しかったな」

「楽しかったて……、あんた、受験生やったんやろ？　塾は？」

「僕らの頃は、高校受験やからいうて、塾の夏期講習みたいな特別な勉強してる生徒はあんまりおらへんかったし、僕も塾みたいなもんには行ってへんかったから、奈良にはおらんでもよかったんや。

こっちに来てからは、午前中ちょろちょろ勉強したけどな、あとは遊んどった。達彦くんとはそんとき知り合《お》うたんや。振り返って考えるとな、その夏の経験が、僕が医者になるきっかけになったような気もすんねん」

「おもろそうやな」

櫻子は腕を組んだ。

「その話、聞かせてえな。お客さんもいいひんことやし」

「ええよ。まだ時間あるからな」

コーヒーをひと口飲むと、しばらく考えてから、光司は話し始めた。

3

光司は、伯父の太一郎に興味があった。

父によると、伯父は、二十一歳の若さでミッドウェー海戦に参戦したのを皮切りに、数々の激戦地に送られたエースパイロットだったという。男ばかりの四人兄弟の長男で、光司の父は、十歳年下の四男だ。次男は戦死、三男も戦時中に病死しているから、戦後はふたりだけの兄弟となった。父にとって、年の離れた伯父は、やさしく頼りになる存在であると同時に、あこがれであり、一家の誇りでもあったという。

戦後すぐに両親が相次いで亡くなったあと、当時高校生だった父は大阪の親戚に引き取られ、終戦後京都に戻っていた伯父は、航空会社のパイロットに採用されて東京に行った。

伯父は、一度も結婚したことはなく、子どももいない。定年を待たずにパイロットを引退し、哲学の道近くの家を買い取って、そこで「石売り」を始めた。一九七六年——。光司が中学二年生のときだ。

離れて暮らしていたせいもあり、光司の家族と伯父との間に日常的な付き合いはなかった。会うのはお盆のときぐらいだったが、光司は、伯父の顔を見るのをとても楽しみにしていた。

伯父は、光司の身近にいる他の誰とも違っていた。いつも飄々《ひょうひょう》としている姿はどこか浮世離れしていて面白かったし、外国を飛び回っているせいか異国のにおいのようなものも身にまとっていた。いつしか伯父は、光司にとって特別な存在になっていた。

京都に引っ越して来るのは嬉しかったが、パイロットを辞めて、どうして石を売る商売なんかを始めるのか、不思議で仕方がなかった。荷物運びの合間に一服しているとき、たまたま二人だけになる機会があったので、光司は、思い切って尋ねてみた。

「石はね、見れば見るほど、知れば知るほど、ほんまに深くて面白いんですよ」

甥である光司に対しても、太一郎は、何故か丁寧な言葉を使う。しかも、東京暮らしが長いからか、京都弁と東京弁が混じった妙な言葉遣いになる。

「光司くんは、石のこと、どのくらい知ってるんですか？」

「すいません、全然知りません」

「石にもいろんな種類があるんですよ」

楽しげな笑みを浮かべると、伯父は、石の魅力について滔々《とうとう》と語り始めた。

「まず、鉱物ですけどね。鉱物は、その無限にある珍奇な美しさに魅了されます。子どものとき、キラキラ光る『ペグマタイト』っていう石を見たんです。石に興味を持つようになったのは、それからです。

高額で取引きされる宝石は、綺麗やとは思いますけど、単に綺麗やと思うだけで魅力は感じません。同じく単なる岩石にも魅力は感じません。やはり、鮮明で不思議な形をした結晶や、瑠璃やジャスパーの無限の模様に魅力を感じます。

化石の場合は、土や岩石の中にこのような不思議なものが入っているという驚きと奇妙な形が魅力です。やはり子どものときに掘った貝などの化石がスタートです。『虫入り琥珀』は、まさに鉱物と化石のいいとこ取りです。磨けば透明な美しさがある上に、普通の化石と違《ちご》うて、太古の昔に存在していた虫の、生前の姿がほぼそのままの姿で保存されてるんです。『たった今樹脂に閉じ込められたように見えるものが、実は数千万年前に既に起こったもの』という時間感覚がなんとも魅力です。

それと——」

「いや。そうやなくて——」

どこまで続くかわからない石の話を、光司は慌てて止めた。

「なんでパイロット辞めはったんですか？　僕らなんかからするとあこがれの職業やし、もったいないなて……」

「もったいない？」

「はい。だって、まだ定年やないでしょう？」

「まあ、年は関係ないですかね。私は、もう充分飛んだ。そろそろ空から地面へ目を向けるときやと思ったんです。地面というのは、石のことですが」

「あの、それやったら——」

また石の話が始まりそうだったので、光司は、質問を変えることにした。

「なんでパイロットになろうて思わはったんですか？」

「単純です。空を飛びたかったからです。まあ、飛びたかったというより、自由になりたかったというほうが近いかもしれませんけどね」

「自由て、何から？」

「人間界からです」

「人間界？」

思わず訊き返した。

「人が営んでいる全てのことです。人間関係も、人が作った常識や規則に従うことも、面倒くさい。空に舞い上がれば、一時《いっとき》だけでもそういうことから解放されると思ったんですよ。けど、当時は、飛行機乗りになるには軍隊に入らないといけなくてね。訓練そのものは楽しかったんですけど、面倒くさい人間関係と厳しい規則のオンパレードです。我ながら、よく我慢できたと思います。それで、やっと飛べるようになったと思ったら、戦時中やから当たり前なんですけど、戦地に駆り出されてね。生き残るためにずいぶん相手の飛行機を撃ち落としました。

ミッドウェーでこてんぱんにやられたときは、ああこれですぐに戦争は終わる。日本は負けて、平和な世の中になって、本当に自由に空を飛べる時代がくると思ったんですけど

——」

そこで太一郎は、ふうっと音を立ててため息をついた。

「それからが長かった。戦地を転々としてね、仲間はどんどん死んでいった。私は生き残りたかった。戦争が終わるまで生き延びて、自由に空を飛びたかった。だから、必死で戦った。私は、たくさん人を殺しました」

「けど、それは——」

「戦争ですからね、仕方なかった。そうかもしれません。けどね、ようやく戦争が終わって……、そのあと空を飛んでも、思ったほど自由にはなれなかった。雲の上を飛んでいるとね、撃ち落とした相手のことや、死んでいった仲間のことが、ときどき頭に浮かぶんですよ。

さっきも話しましたけど、鉱物とか化石とかには、小さい頃から、空を飛ぶのと同じくらい興味があったんです。戦争中には石なんて集められませんでしたけどね。幸いなことに、パイロットとしてあちこちの国や地域に行くことができて、珍しい石を集められたし、仕入れのルートもできたんで、今度はそっちのほうの夢を叶えたいと思ったんですよ。好きな石に囲まれて生活するのが夢やったんです」

「なんか……、ずいぶん極端ですね」

「価値観はね、人それぞれです」

「伯父さんは、子どもの頃の夢を二つとも叶えたってことですか？」

「そうですね。幸せな人生です」

太一郎は、ハハハ――、と声を上げて笑った。

兄弟なのに自分の父親とはずいぶん違うな、と光司は思った。

父は、奈良県庁の職員をしている。趣味らしい趣味もなく、職場と自宅を往復するだけのような日々だ。公務員だから生活は安定していて、ひとりっ子の光司は、何不自由なく育てられた。

中学生になった頃から、父の生き方に疑問を持ち始めた。なんてつまらない人生を送っているのだろうと思った。自分はあんなふうにはなりたくない。伯父の人生は、理解できないところはあったが、輝いて見えた。

中学三年の夏休みのはじめ――。陸上部を引退して、そろそろ志望校を決めなければならなくなったとき、両親と衝突した。
それまでは部活中心の日々で、引退してからは、空いた時間で毎日友だちと遊んでいたのだが、夕食の席で、父から、ちゃんと勉強しろと叱責された。これからは、友だちと付き合うのもほどほどにして、大学に進学することを前提に、できるだけ偏差値の高い高校に進むようにと言う。父は、具体的な高校名、さらにその先の大学名まで挙げた。自分は戦争や家族の事情で思うように勉強ができず、大学にも進学できなかった。お前は恵まれているし成績もいいのだから、きちんと目標を定めて努力を怠るなと繰り返す。

特に行きたい高校があったわけではないし、大学にも進学するつもりではいた。勉強したかったのにできなかったという父の悔しさも、理解できないわけではない。でも、自分は父の分身ではない。友だちと遊ぶことまで制限し、進学する高校や大学まで決めてかかっていることに腹が立った。

光司は、「自分の将来は自分で決める。やりたいことを見つけたら大学なんて行く必要はない」と言い放った。お父さんみたいになりたくないのだ、と言わなくてもいいことまで口走った。言ってすぐ後悔したが、遅かった。それまで黙ってふたりの話を聞いていた母が、烈火のごとく怒り出した。光司はその場を逃げ出し、自分の部屋に閉じこもった。

そして翌朝——。『しばらく帰りません』という書き置きを残して家を出た。

京都に着くと、四条通や河原町《かわらまち》通をぶらぶらし、昼食を済ませてから哲学の道方面に向かうバスに乗った。伯父の家には何度か行っているから、迷うことはない。

バスを降り、坂道を上り始める。三十度を超える真夏日で、歩いている人はほとんどいない。

　家の引き戸は大きく開いていた。吹き出す汗を指先で拭いながら薄暗い土間に入り、ごめんください、と声をかけると、三和土のすぐ左手にある部屋から伯父が姿を現した。

「やあ、待ってました。遅かったですね」

　待ってました、と言われた瞬間、恥ずかしさで頭に血が上った。両親には、何もかもお見通しだったということだ。

「いいんですか？　ここにおいてもろて」

「もちろん」

　笑いながら伯父はうなずいた。

「お父さんとお母さん、お盆にはこっちに来るそうです。とりあえず、そのときまでは」

「ほんまに？」

「ええ。私は大歓迎です。どうぞ、上がってください」

　伯父は楽しそうだ。

　三和土の前まで進むと、真っ白なスニーカーがきちんと揃えて置いてあるのが目に留まった。

「誰？」

光司が尋ねると、

「紹介します」

伯父は、三和土の右手にある部屋に入った。風を通すためか、襖は開けっ放しになっている。

そこは確か、蒐集した石を保管する場所として使っている、六畳ほどの和室のはずだ。様々な種類の棚を壁に沿って置いた覚えがある。引っ越しのときには、棚の中はまだ空っぽだった。

石関係のお客さんだろうか、と思いながら、家から持ち出したリュックと旅行用のバッグを廊下に置き、伯父に続く。

一歩部屋に入ったところで、光司は足を止めた。

男の子が、中央に置かれた座卓の向こうに座っていた。背後にある扇風機が、おかっぱの髪を微かに揺らしている。

少年は、一心不乱に石を磨いていた。伯父と光司が入っていっても、挨拶どころか、目を向けようともしない。Ｔシャツから出ている腕は細く、とても華奢《きゃしゃ》な身体つきをしている。

「タツヒコくん」

伯父が呼ぶと、少年はようやく顔を上げた。しかし、その視線は、すぐに別のところに向いた。

「私の甥で、風折光司くん。達彦くんと同じ中学三年生です」

自分と同い年だと聞いて、光司は驚いた。二、三歳は年下に見える。

「初めまして、カザオリコウジさん」

視線を逸らしたまま、達彦は頭を下げた。

「あ、初めまして」

つられるようにして、光司も頭を下げる。

達彦は、相変わらずこっちを見ようとしない。視線はあちこちをさ迷い、石を磨くのをやめているのに指先の動きは止まらない。

伯父が、達彦の向かい側に腰を下ろした。磨き終えたばかりの石を、手に取って眺め始める。

仕方なく、光司もその横に座った。

「それ、なんですか？」

伯父は、透き通った黄金色の小さな石を、手の平に載せていた。その中に、虫のような影が見えている。

「それは『虫入り琥珀』です」

伯父に訊いたのだが、答えたのは達彦だった。相変わらず視線は定まらない。

「今から何千万年も前、昆虫が樹脂の中に閉じ込められました。

樹脂というのは、樹の皮が裂けたとき、昆虫が穴を開けて中に侵入するのを防ぐ役割をします。どろどろした液体です。樹の中から滲み出してきます。とてもいい匂いがします。

あ――、いい匂いというのは、昆虫にとっていい匂いという意味です。

その匂いに誘われて、昆虫が樹脂の上に留まります。でも、その液体は粘りけがあるので、脚が引き抜けなくなります。その上に、新たに樹脂が流れ落ち、昆虫の身体を覆います。

昆虫は、そのときの姿のまま、樹脂の中に閉じ込められています。とても珍しいものです」

達彦は頬を弛め、フフッ、と鼻で笑った。

「きれいに磨けてますね。いつもありがとうございます」

「どういたしまして」

伯父に褒められて、達彦は嬉しそうだ。

「あっちへ行きましょう」

光司に声をかけると、伯父は立ち上がった。遅れて立ち、伯父のあとについて部屋を出る。振り向くと、達彦は、石磨きに戻っていた。さっきまで動き回っていた視線は、今は手にした石に集中している。

伯父は、廊下を隔てて向かい側の部屋に入った。八畳の和室で、居間として使っているはずだ。

「誰ですか？　あの子」

大きな座卓に向かい合って座ると、改めて光司は尋ねた。

「清水達彦くん。近所に住んでる友だちです」

「友だち？　僕と同い年なのに？」

「はい。まあ、友だちとしか呼びようがありません」

この家に出入りするようになったきっかけを、伯父は話してくれた。学校があるときは毎日午後四時に来るのだが、今は夏休みなので二時に来て、一時間きっかり石を磨いてくれるのだという。そのあとはゲームをすることがほとんどだが、ときどきは散歩したり買い物をしたり、食事もいっしょにすることがある。近所に住む家族も伯父のことは知っていて、付き合うのを許してくれているという。

「達彦くんといっしょにいるとね……、なんというか、居心地がいいんですよ。変わり者同士、気が合うのかもしれません」

「けど、あの子、何かの病気やないんですか？」

「病気ではないんですけどね。自閉症です」

――自閉症……。

聞いたことはあるが、実際にそういう人と接するのは初めてだ。

光司は、廊下を振り返った。

「かわいそうやな」

「かわいそう？」

伯父は、わずかに眉をひそめた。

「なんでそう思うんです？」

「なんでって……、普通の人と違うみたいやから」

「普通と、どう違うんですか？」

――人の目を見て話せない。指の動きが止められない。話し方も少しおかしい。

今見たばかりの達彦の様子が頭に浮かぶ。でも、伯父の険しい顔を見て言葉を呑み込んだ。

「あなたにとって、普通ってなんですか？」

伯父は、元の穏やかな表情に戻った。

光司が答えられないでいると、

「まあいいでしょう」

笑顔でそう言う。

「いっしょにいたら、いろいろわかることもあるでしょうから」

光司はうつむき、唇を嚙んだ。

少し不満だった。伯父と過ごしたいと思ってやって来たのに、とんだ邪魔が入ったような気がしていた。


月曜から金曜まで、達彦は、毎日伯父の家にやって来た。

午後二時ちょうどに姿を現すと、石の保管部屋に直行し、一時間きっちり石を磨く、そのあとは居間に移動し、たいていは数字を使ったパズルゲームやオセロで遊んだ。ゲームの相手は、これまでは伯父がしていたのだが、光司が主な対戦相手になった。

光司は、全てのゲームで、一度も勝つことができなかった。オセロは、同級生にはほとんど負けたことがなかったのだが、まるで歯が立たない。最初達彦を見たとき、知能が低いのではないかと思ったが、それはとんだ間違いだった。

ゲームをしているとき、達彦は、本当に楽しそうだった。ただ、勝ったからといって喜ぶことはなかった。伯父は、達彦はゲームそのものを楽しんでいて、勝つことには特に喜びを感じていないのだと教えてくれた。人と争うこと自体が苦手らしい。

「達彦くんのような人間ばかりやったら、戦争は起きひんでしょうね」

そう言って、伯父は笑った。

いっしょに過ごす間に、他にもいろいろなことがわかってきた。

達彦は、始終身体のどこかを動かし続けているが、それは落ち着きがないからではなく、逆に自分を落ち着かせようとするための行為らしい。じっとしていることは不安で、動いていると安心するというのだ。視線も同じで、相手の目を見ないから話を聞いていないのではなく、視線を動かしているほうが相手の話に集中できるらしい。

ものの見方、感じ方も、達彦は、光司たちとは違った。

例えば、風景を見るとき、光司ならまず全体に目を向ける。遠くにある山の稜線や、山裾にある畑や並木や川を見て、最後に足元にあるきれいな野花に視線を向ける。おそらく、達彦は逆だ。まず足元の野花を見て、それだけに見入ってしまう。

それは、風景の見方だけの話ではない。何かに集中しているとき、光司が別のことについて話しかけても、達彦は理解できない。いったん何かに集中してしまうと、同時には他のことを考えられなくなってしまうのだ。

ベールが少しずつはがれるように、光司は達彦を理解していった。達彦もまた、光司に対して少しずつ心を開いてくれるようになった。

夕方になると、達彦の母がたまに迎えに来ることがあった。彼女は、同い年の友だちが息子にできたことを、とても喜んでくれた。

達彦の母は、総合病院に勤める看護婦だが、達彦が毎日ここに来ることに、最初の頃は反対していたらしい。素性のわからないひとり暮らしの男性に、達彦のような自閉症児を預けるのは不安だったのだろう。

ただ、何度母親が連れ戻しに来ても、翌日になると達彦はやって来た。なんの偏見もなく自然に自分の存在を受け入れてくれる伯父がいて、珍しい石に触れることができる。達彦にとって、ここはとても居心地のいい場所だったのだ。

どうするのが達彦にとって一番いいのか、伯父は、何度も母親と話し合いを持ったという。自閉症や児童心理学の本を読んで勉強もした。伯父の本棚には、その関係の本が十冊以上並んでいる。

今では、母親は、全幅の信頼を伯父に寄せているように見える。

お盆には奈良から両親が来て、法然院にある先祖の墓に参った。

夏休みが終わるまでここにいたい、という光司の頼みを、両親は、あっさり聞き入れてくれた。両親もまた、伯父のことを信頼しているようだった。光司の生活ぶりは伯父が連絡しているはずだから、それを聞いて、任せても大丈夫だと思ったのかもしれない。

八月十六日の夜は、四人で「五山の送り火」を見物した。母がご馳走を作り、伯父と父は、楽しそうに酒を酌み交わした。

京都にいた二泊三日の間、父も母も、光司の家出の原因になった言い争いについてはひとことも触れなかった。


自分がいつも行っているところにいっしょに行きませんか、と達彦が光司を誘ったのは、あと一週間ほどで夏休みが終わるときだった。達彦のほうから声をかけてくるのは初めてだった。どうやらお気に入りの場所らしい。

午後一時――。若王子神社の前で待ち合わせると、達彦は、黙ったまま東側の山に向かって歩き出した。ほどなく、長い石段の前に出る。

達彦のあとについて、ゆっくり上り始める。

最初の石段を上り切ると、灰色の鳥居があった。そこをくぐった右横には、「本間龍神《ほんまりゅうじん》」という小さな社が建っている。社の奥には、さらに石段が続く。

「滝宮社《たきみやしゃ》」「稲荷社《いなりしゃ》」という、やはり小さな社の前を通り過ぎ、さらに山道を進むと、突き当たりに滝が見えてくる。立て看板には「千手乃滝《せんじゅのたき》」と記されている。滝といっても、高さは五メートルほどしかない。おそらくガイドブックにも載ってはいないだろう。

光司は、周辺を見回した。木々に囲まれたささやかなスペースに人影はなく、聞こえてくるのは、流れ落ちる水と葉擦《はず》れの音だけ。達彦にとって、これ以上ない癒しのスポットなのかもしれない。

普段は、伯父の家に行く前に、ひとりでここに来ているのだという。そんな秘密の場所に連れて来てもらえたことが、光司は嬉しかった。

幸せそうに微笑みながら、達彦は、周りの風景に目を向けたり、滝の音に耳を澄ませたりしていた。光司は、黙ってその様子を見ていた。

ひと言も発しないまま十分ほどそこで過ごすと、達彦は、来た道を戻り始めた。時刻は一時半。これから伯父の家に行くのだ。

若王子神社の前を通り過ぎ、哲学の道を北に向かう。

途中、猫がたむろしている場所がある。達彦は、そこで不意に足を止めた。猫が好きなのかと思ったが、何故か険しい顔をしている。

「どうしたの？」

達彦の行動には、必ず意味がある。

しかし、達彦は、何も言わず再び歩き出した。

伯父の家に着いたのは、午後二時ちょうどだった。


翌日――。伯父に頼まれた買い物を済ませた帰り、ふと思いついて、光司は、若王子神社方面に向かった。時刻は、午後一時半になろうとしていた。ちょうど達彦が千手乃滝に行っている頃だ。いっしょに伯父の家に帰ろうと思った。

神社の前を過ぎ、石段を歩きながらふと顔を上げると、灰色の鳥居の向こう側で、達彦が立ち尽くしているのが見えた。

鳥居の右手にある社の前には男の子がいた。小学校二、三年生ぐらいだろうか。ふたりは向かい合っており、距離は五、六メートルほど。知り合いかな、と思いながら足を止めた。

すると、男の子が右手を振り上げた。その手には石を握っている。明らかに達彦を標的に投げようとしている。

「おい！」

思わず叫んだ。

突然の大声に手元が狂ったのか、拳大の石は、達彦の身体を逸れて背後に飛んだ。その様子を見ながら、二段飛ばしに石段を駆け上がる。達彦は、両目を見開いたまま硬直している。

男の子は慌てて逃げようとしたが、光司は、Tシャツの襟首をつかんで引きずり倒した。怒りで頭が沸騰していた。

達彦が子どもたちのからかいの対象になっていることは、伯父から聞いていた。達彦の母は、学校にも行って教師に注意を促しているようだが、からかったりばかにしたりといった行為はなくならないらしい。

「なんで石投げたんや！」

首根っこを摑んだまま、光司は問い詰めた。

「なんでや！」

怯えた表情で、男の子が光司を見る。

「違います」

後ろで声がした。

振り返ると、達彦が、激しく首を振っている。

「違います」

せわしなく視線を動かしながら繰り返す。

——違う？

光司は戸惑った。

「けど、こいつ、達彦くんに向かって石投げたんやで」

「違います。違います」

言いながら何度も首を振る。

「離してください」

「けど——」

「離してください」

今まで聞いたことのない強い声だった。

腕を弛め、腰を浮かす。男の子が身体の下から抜け出した。石段を駆け下りていく。

「ほんまにええんか？」

達彦に歩み寄ると、光司は訊いた。

視線も、右手の指も、いつも以上に激しく動き回っている。

「違います」

もう一度そう口にすると、達彦は、光司に背を向けて歩き出した。

「何が違うんや」

後ろから声をかけたが、達彦は答えなかった。仕方なく、光司はあとに続いた。

伯父の家に着いても、達彦は何も話そうとしない。いつもと同じように一時間石を磨き、数字パズルとオセロで光司を打ち負かした。ただ、時々どこか上の空になることがあった。さっきのことを考えているのかもしれない。

達彦が帰ってから、いきさつを伯父に話した。光司は憤慨していた。

「近所の子ですかね」

黙って話を聞き終えると、ひとりごとのように伯父はつぶやいた。

「唇の下に、大きなほくろがありました」

組み敷いたときに見た。間違いない。

伯父の顔色が変わった。

「知ってる子ですか？」

「多分、誠《まこと》くんです。小学三年生で、達彦くんの家のすぐ近くに住んでます。ふたりは友だちでした」

「友だち？」

「誠くん、ここにも来たことがあるんですよ。ふたりは兄弟のようでした」

光司は、言葉を失った。

「誠くんのことは、達彦くんのお母さんから聞いていました。誠くんは、赤ちゃんのときから、ぜん息で大変だったようです。達彦くんのお母さんは看護婦ですから、誠くんのお母さんは、誠くんを連れて、達彦くんの家によく相談に行っていたそうです。何度も行くうちに、誠くんが達彦くんになついたんですね。

小学校に入学してからも、しょっちゅうぜん息の症状が出て、学校も休みがちで、誠くんには友だちができなかった。当時は妹が生まれたばかりで、ご両親も余裕がなかったようでね。誠くんは、自分が元気なとき、達彦くんが自宅にいる平日の夕方とか日曜日とかに、ひとりで達彦くんの家に遊びに行くようになった。そうやって、ふたりは兄弟のような関係になっていったんでしょう。

ただ、三年生になった今年の春ぐらいから、誠くんは、普通に学校に通えるようになったみたいです。おそらく友だちもできたでしょう。その頃から、ここに顔を見せなくなりました」

「けど、せやからって……」

新しい友だちができたとしても、それが達彦に石を投げつける理由にはならないだろう。

「あの年頃の子どもは、とても複雑です。大人が思っている以上に心の中に葛藤を抱えていて、ときどきそれが思わぬ方に爆発します。私には子どもはいませんから、本で読んだ知識と、達彦くんの近くにいる子どもたちを見てわかったことなんですけどね――、子どもたちには、達彦くんは、普通の人ではないように見えてるんだと思います。そのせいで、怖がって近寄らなかったり無視したり、怖いから逆に攻撃的になったりする子がいます。あいつはおかしいとか、いっしょにいると病気がうつるとか――、そんな根も葉もないことを言い合って、自分たちの行為を正当化しようとすることもあります。そういうことを、誠くんが同級生から聞かされたとしたら――」

「違うって、否定すればいいやないですか。達彦くんのことは自分が一番よく知ってる。みんなが間違ってるんやて」

「そう言える子ばかりやありません」

光司は、ぐっと詰まった。

やっと普通に学校に通えるようになったのに、みんなに逆らうようなことを言ったら友だちを失うのではないか――。そう考えても不思議はない。

「けど、石を投げるのは普通やありません」

難しい顔で、伯父が腕を組む。

「機会を見つけて、何か知っていることがないか達彦くんのお母さんに訊いてみますけど……、しばらくは、達彦くんに任せておくしかありませんね」

「大丈夫でしょうか」

「達彦くんなら大丈夫ですよ」

微笑みながら、伯父は何度かうなずいた。


しかし、翌日の夕方遅く――、事態は急転した。

オセロの終盤に、予期せぬ訪問者が現れた。もしかしたら、光司が初めて勝てるかもしれないという大事な局面だった。

応対するために伯父が部屋を出て行き、三和土で話を始めた。訪ねてきたのはふたりで、その声から、ひとりは達彦の母親だとすぐにわかった。

問題はもうひとりの女性だった。彼女は興奮していた。

光司は、じっと聞き耳を立てた。

その女性は、息子が階段から落ちて左腕を骨折したと言った。彼女の息子によると、達彦に突き落とされたのだという。

階段というのは、本間龍神前の石段のことで、昨日石を投げた仕返しをされたのだと、彼女の息子は話しているらしい。それで、怪我をしたのは誠なのだとわかった。

誠の母親は、まず達彦の家に行き、ちょうど病院の仕事が休みで家にいた達彦の母親に事情を説明し、それからここにやって来た。一刻も早く直接達彦から話を聞きたいのだと、涙声で訴えている。

伯父は、黙って彼女の話を聞いていた。

——ほんまに達彦くんがあの子を突き落としたんか？

正面に座る達彦の顔を、光司は、まじまじと見つめた。

もし本当なら、今日、ここに来る前にやったことになる。

確かに、昨日と同じように、達彦は、時々どこか上の空になることがあった。珍しくゲームにも集中できない様子で、明らかに間違った石を打っていた。

しかし、達彦が誰かに暴力をふるったなど、とても信じられない。

話し声が止み、伯父が部屋の前に立った。

「どうぞ、こちらへ」

訪問者に声をかける。

光司は、慌てて座卓の上のオセロ盤と駒を片付けた。達彦は、何が起きたのかわからないというように、きょとんとした顔で辺りを見回している。

最初に誠の母親が、続いて達彦の母が部屋に入ってきた。

誠の母親は、女の子をおぶっていた。誠の妹は、すやすやと穏やかな寝息を立てている。Tシャツとジーパンを身に着けた母親の顔は、ひどく青ざめていた。

彼女の姿を見ると、達彦は、目を大きく見開き、両手を激しく動かし始めた。予期せぬ出来事にうろたえているのだ。

伯父は、光司と達彦に座卓から少し離れるように言い、誠の母親をそこに座らせた。達彦の母と伯父は、彼女の向かい側に並んで腰を下ろした。

娘を座布団の上に寝かせると、誠の母親は、達彦に目を向けた。

「あなたと誠の間で、いったい何があったの？」

すがるような表情で訊く。

「あの子が達彦くんに石を投げたって、ほんまやの？　達彦くんはその仕返しに、誠を階段から――」

そこで誠の母親は絶句した。

「達彦は、そんなことのできる子やありません」

落ち着いた口調で、達彦の母が言う。

「せやったら、誠が嘘ついてる、いうんですか？　なんで？」

「それは、わかりません。けど、何か理由があると思います」

達彦の母は、横に座る伯父に目を向けた。

「達彦は、たくさんの人がいる前ではうまく話すことができません。風折さんが話してみてくださいませんか？」

「私が？」

「風折さんが信頼できる方やいうことは、誠くんのお母さまにも話してあります。私は当事者みたいなもんですから、達彦から話を聞くんは、第三者の風折さんのほうがええ思います。達彦も、風折さんになら落ち着いて話せる思いますし」

達彦の母は、今度は、誠の母親に顔を向けた。

「いいですか？」

「はい。よろしくお願いします」

誠の母親が頭を下げる。

「わかりました」

小さくうなずくと、伯父は、いつも以上に手と視線を動かし続けている達彦を促して部屋を出て行った。ふたりは、廊下の向かい側にある石の保管部屋に入った。

呆然とした様子の誠の母親、その前で押し黙る達彦の母――。ふたりを前に、どうしたらいいのかわからず、光司は、ずっと畳に視線を落としていた。

ほんの数分で、伯父は戻って来た。ただ、部屋の中には入って来ない。

「達彦くんが、直接誠くんと話したいそうです」

廊下に立ったまま、そう告げた。

「直接？」

誠の母親が、戸惑った声を上げる。

「けど、誠は、怯えてるみたいで……。今ふたりを会わせるんは……」

「私もいっしょに行きます。大丈夫です」

「私からもお願いします」

達彦の母が続けた。

渋々といった感じではあったが、誠の母親は了承した。険しい表情で娘をおぶい、立ち上がる。少しだけ迷ったが、光司もついて行くことにした。

達彦は、すでにスニーカーを履いていた。視線は激しく動き回っており、唇を一文字に引き結んだその表情は、いつになく厳しい。

伯父たちを待たず、達彦はひとりで外に出た。

誠の家は、若王子神社の前から坂道を下って十分ほど。丸太町《まるたまち》通にほど近い、小さくて古いアパートだった。周辺には、同じようなアパートが建ち並んでいる。

外階段を二階に上がり、一番端の部屋の前に立つ。誠の母親がドアを開けると、玄関からベランダまでが見通せた。間にあるのは、狭い台所と、六畳から八畳ほどの広さの二つの和室だけ。風を通すためだろう、部屋の間の襖だけでなくサッシ窓も開け放たれており、ベランダに洗濯物が干してあるのが見えた。

誠は、奥の部屋に敷かれた布団で寝ていたようだ。達彦たちの姿を見ると、ギプスをはめた左腕を庇《かば》うようにして上半身を起こした。その顔は驚きに歪んでいる。

最初に部屋に上がった母親の横をすり抜けて、達彦は、誠の許《もと》に向かった。慌ててあとを追おうとした母親を、伯父が止める。

自分の目の前に立った達彦を、あんぐりと口を開けたまま誠が見上げた。

「マコトくんが話してください」

視線と右手をせわしなく動かしながら、達彦が口を開く。

「ぼくは、知っています。ぼくは、見ました。でも、ぼくは、ちゃんと話すことができません。マコトくんが話してください」

誠は黙ったままだ。驚きで口が利けないように見える。

「話してください。今のままは、よくありません」

誠の母親は、わけがわからないという表情だ。達彦の母親と伯父は、落ち着いているように見える。

光司は、混乱していた。

——知っている？　見た？　今のままはよくない？

石をぶつけられそうになったとき、達彦は「違います」と言った。その言葉と関係があるのだろうか。

しかし、達彦は、それ以上なんの説明もしなかった。踵を返すと、誰もそこにいないかのように母親たちの脇をすり抜け、スニーカーを履いた。

突然、「ワーッ」という大きな声が聞こえた。誠だった。

大声で泣きながら、誠は、布団に突っ伏した。驚いたのか、それまでおとなしかった妹も、母親の背中で泣き始める。

ふたりの泣き声が、狭い部屋に響いた。

その夜遅く——。誠の母親と達彦の母親が、再び伯父の家にやって来た。誠が全部話してくれたという。

石段の上から誠を突き落としたのは、藤森幹雄《ふじもりみきお》という同級生だった。第三の人物の存在に光司は驚いたが、薄々気づいていたのか、伯父は、その事実を平然と受け止めたように見えた。

光司と伯父がアパートを出たあとで、誠は、自分の母親と達彦の母に真実を話した。全てを知ったふたりの母親は、すぐに藤森家に行った。幹雄は、最初は否定していたが、誠の母親から問い詰められると、泣きじゃくりながら本当のことを話したという。

幹雄は、この四月に父親の転勤で東京から転校してきたばかりで、偶然席が隣同士になったことをきっかけに、誠と仲良くなったらしい。幹雄にしてみれば慣れない関西での生活は不安だっただろうし、誠も友人のいない心細さがあった。ふたりが親しくなるのは自然の成り行きだったのかもしれない。

ただ、お互いの家庭環境はずいぶん違っていたようだ。幹雄は、誠が持っていないおもちゃやゲームをたくさん持っていた。両親にねだればなんでも買ってくれるのだと、誠に自慢していたという。ひとり息子の幹雄を、両親は溺愛しているのだろう。

「うちは、おもちゃとかゲームとか、誠にあんまり買ってあげられへんかったから」

悲しげな表情で、母親は目を伏せた。

転校して初めてできた友だちということで、幹雄の母親は、家に遊びに来る誠をいつも歓待していた。

ふたりは、母親が振る舞ってくれる手作りのお菓子を食べながら、ミニカーや鉄道模型や仮面ライダーの変身ベルトを使って遊んだ。七月には任天堂《にんてんどう》からテレビゲームが発売されたが、藤森家はすぐに購入した。幹雄だけでなく、誠もテレビゲームに夢中になった。そうやって、ふたりの間には、次第に主従関係ができていったようだ。

「昨日、誠と幹雄くんが哲学の道を歩いていたとき、猫を見つけた幹雄くんが、持っていた銀玉鉄砲で撃ち始めたんやそうです」

銀玉鉄砲とは、玩具店や夜店で売られているおもちゃの拳銃で、引き金をひくと銀色の小さな弾が飛び出すように作られている。光司も小学生のとき持っていた。銀色に着色された弾の中身は土だからたいした威力はないが、直接肌に当たると結構痛い。

「そのとき、達彦くんが通りかかったそうです」

誠から聞いたという話を、母親は、涙まじりに話してくれた。

幹雄は、以前から、哲学の道にたむろしている猫に向かって銀玉鉄砲を撃って遊んでいた。

この日は、誠にも自分のコレクションのひとつを貸しており、ふたりは、猫を追いかけ回しながら鉄砲を撃った。

ふたりの前で立ち止まると、

「ネコをいじめてはダメです！」

達彦は、はっきりそう言った。

「ネコをいじめてはダメです、ネコをいじめてはダメです――」

激しく腕を振り、顔をあちこちに向けながら繰り返す。

幹雄は、銀玉鉄砲を達彦に向けた。本気で撃つつもりはなかった、達彦が怖かったのだと本人は話しているという。

しかし、その様子を見ていた通りがかりの老人が、幹雄を怒鳴りつけた。そして、ふたりを前に立たせて説教を始めた。

いつの間にか、達彦はその場からいなくなっていた。


誠の母親の話を聞きながら、光司は、千手乃滝に行った帰り、猫がたむろしている場所で達彦が足を止めたのを思い出した。

達彦は、それまでにも、幹雄が猫を撃っているところに何度か遭遇したことがあったのだろう。猫がいじめられていることにずっと心を痛めていたのだ。

　昨日は、幹雄だけでなく、誠がいっしょになって猫をいじめていた。伯父は、達彦が勇気を振り絞って注意したのは、誠に対してだったのだろうと言う。友だちには、そんなことをしてほしくなかったのだ。


　説教をする老人を前に、幹雄はべそをかいていたが、ようやく解放されると、「あいつにふくしゅうする」と誠に告げた。急いで達彦のあとを追う途中、「全部あいつのせいだ」と、ひとりごとのように言い続けた。

　誠は、達彦が友だちだということを言い出せずにいた。言ったら幹雄から絶交されそうな気がした。

　若王子神社の前で追いつき、本間龍神まで行くと、幹雄は、下りてくる達彦を待ち伏せて石をぶつけるよう誠に命じた。最初は断ったが、それなら二度とテレビゲームはさせないという。

　達彦が山を下りてくるのを見ると、幹雄は木の陰に隠れた。

　誠は、わざと外れるように石を投げた。そこに、たまたま光司がやって来た。幹雄は、光司に気づかれないようにその場を逃げ出していたようだ。

「違います」

あのとき、達彦はそう言った。

それは、誠は命令されてやっただけで、黒幕は別にいるという意味だった。達彦は、ふたりの関係を見抜いていたのだ。


昨日、光司が来たために果たせなかった復讐を、今日こそは遂げようと幹雄は考えた。同じ時間に達彦が哲学の道を歩いているのを何度か見かけていた幹雄は、誠といっしょに達彦が来るのを待った。そして、前日と同じようにあとをつけた。

断り切れず石段の上までは行ったものの、誠は、こんなことはよくない、もうやめようと何度も言った。幹雄に逆らうのは初めてだった。

幹雄を残して立ち去ろうとすると、背中を突き飛ばされた。石段を転がり落ち、腕を押さえて呻く誠を前に、幹雄は「わざとじゃない、ごめんなさい」と、泣きながら謝った。

そして――、

「あいつがやったことにしよう」

突然、そう言い出した。

「あいつなら、ちゃんと話なんかできっこない。昨日、誠ちゃんに石を投げられた復讐にやったんだって言えば、みんな信じる。そうしよう。そう言ってくれれば、好きなミニカーをどれでもあげるし、テレビゲームも好きなだけさせてあげる」

そのときは、痛みで何も考えられなかった。幹雄に支えられて、誠はアパートに帰った。幹雄は、逃げるようにしてアパートの前を離れた。

驚いた母親が怪我をした理由を尋ねると、最初は、自分で足を滑らせたと誠は答えた。しかし、病院で治療を受けているとき、医師から、ただ足を滑らせただけでこれほど全身を打撲するとは考えにくいと言われ、改めて問い質したという。

誠は、幹雄に言われた通りのことを話してしまった。ミニカーやテレビゲームより、幹雄から絶交されるのが怖かった。

今日、千手乃滝から下りてくる途中で、達彦は、痛そうな顔で腕を押さえた誠と、付き添う幹雄の姿を見た。達彦は、伯父の家に来てからも、誠を心配していたのだ。そのせいで、オセロにも集中できなかった。

自分が突き落としたと誠が話していると聞いて、達彦は驚いただろう。そして、何が起きたのかを推理した。

誠に直接会いに行くのは、とても勇気のいることだったはずだ。でも、あのとき達彦は、そうするべきだと考えた。

達彦のおかげで、誠は真実を話した。

その後――、幹雄の両親は、息子を連れて、誠と達彦の家に謝罪に訪れたという。

達彦は、何事もなかったかのように元の姿に戻った。決まった時間に現れ、石を磨き、ゲームで光司を打ち負かした。伯父と三人で食事をしたり、買い物に出かける日もあった。事件については、その後、一度も話したことはない。

光司は、達彦と友だちになれたことを心から嬉しく思った。同級生に自慢したいような気分だった。

達彦が光司をどう思っているのかは、よくわからない。感情を表に出すのが苦手なのだ。

別れの日が近づいていた。


奈良の実家に帰る日の朝――。伯父とふたりで哲学の道を散歩した。

伯父は、若王子神社に寄って行こうと言い出した。短い石段を上がり、さほど広くない境内を本殿の前に向かう。

「ご覧なさい」

頭上に掲げられた大きな額を、伯父は見上げた。つられて光司も顔を上げる。『熊野大権現』。緑色の地の上に、金色の文字でそう書かれている。

「あの中にね、カラスがいるんです」

「カラス？」

意味がわからず、思わず繰り返した。

「この神社ではね、八咫烏《やたがらす》が神の使いやといわれていて、おみくじや絵馬にも描かれてるんですけど――、あの文字の中にカラスが潜ませてあるんです」

改めて額を見上げ、目を凝らす。

そういえば、そう見える部分がある。『熊』の左上の「ム」と、右側の二つの「ヒ」は、どれも鳥のように描かれている。よく見ると、『野』の左下や、『権』の右上、『現』の右下の部分もそうだ。

「光司くんには、何羽見えますか？」

「六羽……、ですか？」

「そうですか、六羽ですか」

「違うんですか」

「人それぞれです。三羽しか見えないという人もいれば、二十羽見えるという人もいます」

「二十羽？」

——そんなにいるやろうか。

目を細めて、もう一度上から見直してみる。

「たとえば、『熊』の下の四つの点はどうですか？」

「ああ……」

確かに、鳥が四羽並んでいるように見えなくもない。あれを数に入れるなら、他にもそれらしく見えるところがある。どこまでカウントするか、判断が難しいところだ。

「何羽なら正解ということではありません。これはね、『物事はいろいろな視点から見なければいけない。見方を変えれば事実も違って見える』。そういう教えなんです」

伯父が光司に目を向ける。

「光司くんは、今でも達彦くんのことをかわいそうな人やと思いますか？」

「いいえ」

以前、そう口にした自分が恥ずかしい。

達彦についてだけではない。誠のことも、その行動の裏にある気持ちにまでは考えが及ばなかった。

「光司くんは、お父さんの人生をつまらないと思っているようですけど」

光司はうつむいた。そんなことまで知られていたのかと思うと、身が縮んだ。

「お父さんはね、私の恩人なんですよ」

「恩人？」

顔を上げると、伯父は、微笑みながらうなずいた。

「戦争が終わって何ヶ月かしてから、私は京都に戻ったんですけど、一年もしないうちに両親が相次いで死んでしまいましてね……、あなたのお父さんは大阪の親戚に引き取られたんですけど、私は、京都に残って、バラックのような掘立《ほったて》小屋で生活を始めました。親しくしていた仲間はみんな戦死してしまったのに、生き残ってしまったのが苦しくて、将来に対する希望もまるでなくてね……、当時の私は荒《すさ》んでました。日雇いのような仕事をしながら、毎晩、浴びるように安酒を呑んでました。そんな私のみじめな姿を見て、お父さんはとても悲しみましてね。兄さんは僕のあこがれやったのになんてザマやって、胸倉摑まれて何度も殴られました。

お父さん、高校を卒業してからは、親戚の家を出て大阪でひとり暮らしをしてたんですけど——、ある日、航空会社でパイロットを募集してるって話をどこかで聞きつけてきてね。兄さんなら採用されるからって言って、東京までの汽車の切符を手配したり、会社までの行き方を調べてくれたりして……、ぐずぐずする私の尻を蹴っ飛ばしてくれました。

ご先祖様の墓守は自分がするから、兄さんはどこへでも行っていいし、好きなことをやってくれってね。お父さんがいなければ、私は、パイロットを続けてなかったと思います」

「そうなんですか……」

堅物を絵に描いたような父の顔を、光司は思い浮かべた。

「それにね……、あなたのご両親は、結婚と同時に大阪から奈良に引っ越したんですけど、それは、お母さんの父親——、当時農業をしていたあなたのおじいちゃんが病気になって、働けなくなったからなんですよ。それは知ってますか？」

「いえ」

光司は首を振った。初めて聞く話だ。

「おばあちゃんも、あまり身体が丈夫ではなかったみたいでね。お母さんは二人姉妹の長女でしたから、ご両親の面倒をみなければならなくなったんです。お父さんは、映画や演劇が好きで、結婚するまでは、そういう関係の雑誌の編集のような仕事をしてたんです。ただ、給料はあまり高くなかったみたいでね。奈良に来てから、生活を安定させるために公務員になったんです。お父さんは、役所で働きながら畑仕事をしていました」

祖父は光司が幼稚園に入る前、祖母は小学二年生のときに亡くなっている。ほとんど記憶はない。

——母方の家族を養うために、父は、好きな仕事を辞めたということか。

何も知らなかった。父のようになりたくないと言ったとき、それまで黙っていた母は激怒した。そのわけがわかった。

「世の中にはいろんな人がいて、その心の内も様々です。要は、人を一面から判断しないこと、人に対して寛容であること、価値観が違っても、尊重し、認め合うことです」

「はい」

「なんだか、説教くさくなってしまいました。すいません」

「いえ、いいんです。よくわかります」

「それから、これ、達彦くんからです」

伯父は、ジーンズのポケットから、しずくのような形をしたきれいな石を取り出した。

「昨日の帰り際にね、私から渡してくれって、頼まれてたんです。自分で渡すのが恥ずかしかったのかな。達彦くんが大事にしていたものです」

「『ポリクローム・ジャスパー』——、ですよね」

ここに来た初日に、達彦が磨いていたのと同じ種類の石だ。

伯父から受け取り、朝日にかざしてみる。黄金色に透き通った石の中に、二匹の小さな虫の姿が見えた。クモとハエだろうか。睨み合うような姿で固まっている。

「口には出さないけど、達彦くん、光司くんとの別れが悲しいようです」

「また来ます」

「はい。いつでも。待っています」

石を手に、光司は、もう一度頭上を見た。

額縁の中に、カラスがいっぱい飛んでいるように見えた。

4

「それで、さっき、あの額見てたんか」

櫻子は、今朝、本殿の前で額を見上げていた光司の姿を思い出した。

「久しぶりに達彦くんと会えるて思たら、なんや、急に見たくなって」

「カラスは見えたんか？」

「そうやな。ま、年のせいで目が霞んで、前よりは数が減ったような気ぃするけど」

櫻子は笑った。

それにしても、あの額の中の文字に、そんな仕掛けがしてあるとは知らなかった。

「明日の朝行ったとき、私も見てみるわ」

「うん。何羽いたか、あとで教えておくれ」

「わかった。なんや、楽しみになってきた」

櫻子は、空になった光司のカップにコーヒーを注ぎ足した。

「ところで、そのあと達彦くんと誠くんは仲直りしはったんか？」

「うん。誠くん、それからは、前みたいに伯父の家によう遊びに来てたらしいわ。ふたりは、ずっと連絡を取り合ってたみたいでね、今日も、帰りに会いに行くみたいやで。誠くん、今は大阪で料理人してはるんや」

「へえ……」

感心しながら、櫻子が自分のコーヒーに口をつける。

「光司さんが医者になるきっかけになった、ひと夏の出来事か……。なかなかええ話やったな」

「そのとき医者になるて、はっきり決めたわけやないけどね。ただ、世の中にはいろんな人がいて、いろんな悩み抱えてて、人の心の中は複雑で——、みたいなことを、子ども心に漠然と考えた覚えがある。医者になろうて決めたんは、大学受験が迫ってからかな。けど、結局、僕は医者に向いてへんかった」

最後の言葉のあと、光司は、一瞬苦しげな表情で目を伏せた。

——なんで医者辞めたんや。

喉元まで出かかったその言葉を、櫻子は呑み込んだ。

光司が医者に向いていないとは、とても思えない。医者をしていたときの光司は実際には知らないが、病院嫌いの櫻子でも、光司なら診てもらってもいいかなと思う。それぐらい、人として信頼が持てる。何か医者を辞めなければいけないような事件が起きたのだ。家族と離れて暮らしているのも、そのことがきっかけになっているのは間違いないように思える。

コーヒーを飲み干すと、「さて――」と言いながら、光司は腕時計に目を落とした。すでに、元の穏やかな表情に戻っている。時刻は十時四十五分になろうとしていた。

「そろそろ戻るわ」

スツールから腰を上げる。

「これからどうするんや」

「決まってるやんか。オセロや」

「負けるんわかってて楽しいか?」

「勝ち負けは関係ない。ゲームそのものを楽しめれば、それでええんや」

「負け惜しみにしか聞こえへん」

光司は、苦笑いを返した。

「そういうたら」

櫻子は、ふと、あることを思いついた。

「あの額のカラスのこと、達彦くんに訊いたら、なんて答えはるかな。あの人には、何羽見えるんやろ」

「それな――」

ドアに向かいかけていた光司の足が止まった。

「僕も気になって、あのあとここに遊びに来たとき、達彦くん神社に連れてって、訊いてみたことがあるんや。額の中の文字に、何羽カラスが見えるて」

「うんうん」

櫻子がカウンターから身を乗り出す。

「そしたらな――」

ややもったいをつけてから、光司は言った。

「『額の中にカラスはいません』やて」

櫻子は、思わず噴き出した。

笑い声を上げながら、光司がドアを開ける。

その後ろ姿を見送っているうちに、今すぐカラスの数をかぞえたくなった。今日はまだ、ひとりの客も来ない。今のうちだ。

これから店を閉めて神社に行ってみようと、櫻子は決めた。

ラピスラズリの悪夢――ラピスラズリ（瑠璃）

1

　光司から電話がかかってきたのは、午前十一時少し前――。十時の開店と同時に店に入って来たカップルが、ちょうど出て行ったときだった。ゲホゲホと咳《せ》き込みながら、光司は「コ、ロナ、に、なった」と死にそうな声で言った。

　昨夜から喉が痛み出し、今朝起きたら熱が三十八度を超えていた。もしやと思ってすぐ病院に行き、検査してみたら、やっぱりそうだった。これからしばらく家を出られないから、時間があるときに買い物を頼みたいという。

　幸い今、店に客はいない。櫻子は、とりあえず様子を見に行くことにした。持病がないとはいえ、光司はもう六十代だ。症状が重ければ死に至ることだってある。

調理用のゴム手袋をはめ、マスクをし、ドアに「準備中」の札をぶら下げると、櫻子は、斜向かいにある「石屋」に向かった。

道を渡る途中で坂の上に目をやると、人が行き交っているのが見えた。十一月半ばを過ぎて、哲学の道は、紅葉見物の人で賑わっている。桜はもちろんだが、この界隈は紅葉も美しい。

光司の店の玄関には「支度中」の札がかかっていたが、引き戸は、ガラガラと音を立てて開いた。櫻子が来ることを見越して、鍵は開けたままにしておいてくれたのだろう。

薄暗い土間に入って、三和土でサンダルを脱いだ。廊下を中ほどまで進み、階段の前に立つ。上から、ゲホゲホと咳の音が聞こえている。光司は、二階の道路側の部屋にいると言っていた。

階段を上がるのは、ほぼ十年ぶりだ。太一郎が生きていたとき、二階に行ったことは何度かあるが、光司がここに住み始めてからは初めてだった。

二階に上がると、廊下を道路側に引き返し、突き当たりのドアの前に進んだ。そこは、かつては太一郎の書斎兼寝室だった。光司も同じような使い方をしているのだろう。

「光司さん、入るで」

声をかけると、

「入らんほうがええ」

首を絞められているような掠《かす》れた声で返事があった。

「大丈夫や。マスクと手袋してるから。入るで」

もう一度声をかけ、古い木製ドアを開ける。

部屋は十畳ほどの洋室で、モスグリーンの分厚い絨毯《じゅうたん》が敷かれていた。左手奥に大きめのベッド、窓際には重厚な木製のデスク。壁際には、本がぎっしり詰まった本棚が連なるようにして置かれている。ベッドでは、横向きに光司が寝そべり、ゲホゲホと苦しそうな咳を繰り返していた。

ベッドに歩み寄るとき、何気なくデスクの上に目をやると、額に入った写真が二枚、立ててあるのが目に入った。一枚には、卒業式だろうか、小学校の校門の前で、女の子を真ん中に、光司と中年女性が並んで立っている。もう一枚には、少し成長したその女の子がひとりで写っている。可愛らしい子だった。離れて暮らしているという妻子に間違いない。

もっと近づいて写真を見たいという誘惑を抑えながら、

「熱は？」

光司に顔を向けて訊いた。

「さっき測ったら四十度あった」

「四十度⁉」

「解熱剤呑んだから、そのうち下がるやろ」

枕元にあるサイドテーブルに、スポーツドリンクのペットボトルとグラス、それに処方された薬が入った袋が載っている。

「朝ごはんは食べたんか？」

光司は、小さく首を振った。

「食欲は？」

「今は、ないなあ」

「うちにあるゼリーとかプリンとかみたいなもん、持ってくるわ。あと、スポーツドリンクとりんごジュースとかもな。食事は、消化のいいもん私が作って持ってきてあげるさかい」

「ありが――」

お礼を口にしかけた途中で、光司はまた咳き込んだ。

「それにしても、人とほとんど関わってへんのに、なんでコロナに感染すんねん」

「先週な、大学時代の友だちから連絡があって……、久しぶりに呑んだんや。木屋町《きやまち》の居酒屋と四条のバー、はしごした。間違いなくそんときや」

「ま、罹ったもんはしゃあない。ときどき様子見に来るけど、なんかあったら、すぐ電話してや。ま、とりあえずゆっくり休んどき」

「ありがとう」

弱々しい声で応えると、光司は目を閉じた。顔が歪んでいる。よほど苦しいのだろう。

部屋を出る前、もう一度デスクの写真に目を向けた。

家族の写真を見るのは初めてだった。妻も娘も、幸せそうに笑っている。

年に何度か、光司は家を留守にすることがある。本人は話さないが、家族に会いに行っているのだろうと櫻子は思っていた。あるいは、妻とは離婚していて、娘に会いに行っているのかもしれない。

ただ、お互いの過去についてはほとんど話したことがないから、どういう事情があるのか、櫻子は知らない。前からずっと気にはなっているのだが、写真を見てさらにその思いが強くなった。

光司の症状は幸い軽く、発症五日目には平熱に戻り、咳もおさまった。

櫻子は迷っていた。デスクの上の家族写真を目にしたことは、光司も気づいているはずだ。それとなく尋ねるなら、このタイミングしかない。でも、光司にとっては、触れられたくない過去かもしれない。

コロナから回復すると、光司は、いつもと同じように毎日店にやって来た。他にお客さんがいないとき、櫻子は、何度も写真のことを口にしかけ、その度に言葉を呑み込んだ。

結局、何も訊くことができないまま時は過ぎた。

2

十二月四日は、太一郎の命日だ。

この日は毎年店を臨時休業にして、太一郎を偲《しの》ぶ日にしている。

午前十時――。太一郎が好きだった白いフリージアの花束を手にすると、櫻子は店を出た。坂道を上がり、哲学の道を横切り、さらに山側に歩いていくと、法然院の前に出る。

盛りは過ぎかけているものの、参道周辺の木々の葉はまだ赤く色づいている。茅葺《かやぶき》屋根の山門を額縁に見立てて外から眺めると、境内の紅葉がまるで絵画のように見える。

カメラを構える観光客の間を抜けて、本堂とは反対側に参道を進む。そこに墓地が広がっている。

法然院には、数々の著名人が眠っている。『資本論《しほんろん》』を翻訳した経済学者の河上肇《かわかみはじめ》、日本画家の福田平八郎《ふくだへいはちろう》、哲学者の九鬼周造《くきしゅうぞう》など。中でも有名なのは、小説家の谷崎潤一郎だろう。

苔《こけ》むした石段を上っていくと、「寂」と「空」という文字が彫られた二つの大きな岩石が目につく。「寂」の石の下に谷崎潤一郎夫妻、「空」の下には谷崎夫人の妹夫妻が埋葬されているという。たまに、その前で手を合わせる谷崎ファンの姿を見ることもある。

谷崎の墓を横目に、たくさんの墓石の間を縫って進む。

光司の姿が見えた。墓の前で目を閉じ、手を合わせている。

櫻子は、毎年、少し遅れて墓地に行くようにしている。太一郎が眠っている墓には、光司の両親をはじめ、風折家の先祖が埋葬されている。光司より先に墓参りするのは僭越《せんえつ》というものだろう。

少し離れた場所で、櫻子は、光司が祈りを終えるのを待った。

光司が櫻子に気づいた。やあ、というように手を上げ、笑顔を向ける。

墓の周りは、すでにきれいに掃除してある。櫻子が近づくと、光司は一歩横にずれた。

墓の前で膝を折って花を手向《たむ》け、手を合わせる。

太一郎は、法然院周辺の紅葉が大好きだった。亡くなる数年前に、この辺りをふたりで散歩したときのことを思い出す。

——もう、いつ死んでもいいようなもんやけど、できれば百まで生きてみたいなあ。

燃えるような紅葉を見上げながらそう言って笑っていたが、残念ながら望みは叶わなかった。

目を開け、立ち上がると、

「サクラさん」

横で光司が呼んだ。

「こんなとこで、急になんやけど……」

「なに？」

「伯父さんから、僕の家族のこと、なんか聞いてたか？」

「奥さんと娘さんは、奥さんの実家がある北海道に住んでるて」

「他には」

「家族のこととか、あんたがここに住み始めた理由みたいなことは、本人が話す気になるまで訊かんといてほしいて」

「そうか。伯父さん、そんなこと言うとったんか」

光司は、墓に目を向けた。

「それでサクラさん、ずっと我慢してたんか？　ほんまは訊きたかったやろ？」

「まあな……。あんたがこっちで暮らし始めてからずいぶん経つから、もう訊いてもいいような気はしてたんやけど……」

櫻子が今のカフェを開店したのは十年余り前だ。光司が太一郎のところにやって来たのは、その半年後ぐらいだったと思う。初めて会ったときは、ずいぶん陰気な人だと思った。最初の数ヶ月間、顔を合わせることはほとんどなかった。多分、光司は、一日中家の中に閉じこもっていたのだと思う。その後は、次第に太一郎の仕事を手伝うようになり、ふたりでカフェにやって来ることも増えた。櫻子とも普通に会話を交わすようになっていった。

ところが、光司が来てから一年も経たないうちに、太一郎は心不全で倒れた。そして、その一年後には帰らぬ人になってしまった。店は畳むのだろうと思っていたら、光司は、全てを太一郎から引き継いだ。

それから八年——。

「コロナのとき、僕の家族の写真見たやろ？」

光司が、うかがうように櫻子を見た。

「うん」

「あれからなんか態度がおかしかったから、気になってるんやろなて思ってた」

「家族の写真見たんは、あんときが初めてやったからな。あんなきれいな奥さんと可愛らしい娘さんがおんのに、なんで離れて住んでんのか、やっぱり気になった。娘さんだけやなく、奥さんの写真も飾ってあるいうことは、別にいがみ合って別れたわけでもないんやろうし」

光司は微笑んだ。

「サクラさんには、いずれ話そうと思ってたんやけどね。ただ、家族に起きたことには、僕が診てた患者さんが関わってるから、話すにしても難しくてね」

「患者さんが、家族と別れた原因なんか？」

「まあ、そうや」

これには驚いた。

「今日は、店、休みやろ？」

「うん」

「長い話になるから、家に帰ってからゆっくり話すわ。ええか？」

「いいけど……。無理に話さんでもええんやで」

「いや。ちょうどいい機会やから」

——ちょうどいい機会？

どういう意味か尋ねようとしたが、墓の横に置いた手桶に手を伸ばすと、光司はさっさと歩き出した。

櫻子は、慌ててあとを追った。

3

光司の家に戻ると、座卓の上に遺影を置き、まず日本酒で献杯した。

「伯父さんには、ほんまに世話になった」

楽しげに笑っている写真の太一郎に向かって、光司はつぶやいた。

「家族と別れて、医者も辞めて……、生きてるんか死んでるんかわからんような生活してたとき、伯父さんが、ここに住めって言うてくれてね。そんときは、店を継ぐことまでは考えてなかったんやけど……」

「太一郎さんは、あんたが店を続けることに賛成したんか？」

「伯父さんは、いずれ僕は医者に戻ると思ってたみたいや。けど、僕がここに住み始めてしばらくして、伯父さん、体調悪なって入院したやろ。それで、もう長くは生きられへんてわかったとき、『石屋』を継ごうて決めた。伯父さんに話したら『勝手にせえ』てひとことだけ」

「ま、あの人もパイロット途中で辞めた口やからな、文句は言えへんやろ」

櫻子は、光司と顔を見合わせて笑った。

「さて――」

光司が真顔に戻る。

「まず、僕の患者さんのことから話すわ」

立ち上がり、床の間の横にある小さな整理ダンスに歩み寄ると、光司は、一番上の引き出しを開けて、中から青い表紙の薄いファイルを取り出した。

そのファイルには、見覚えがあった。目にしたのは、確か今年の二月の初め――、妻を殺しかけた幸恵の弟がカフェに転がり込んできた、大雪が降った日だ。名前は小林和輝といったか。

その後、和輝には、執行猶予付きの判決が言い渡されていた。被害者である妻が、夫をそこまで追い詰めたのは自分にも責任があるからと、情状酌量を求めたのが大きかったようだ。ふたりは離婚し、和輝は、今はひとりで暮らしているらしい。父親は仕事を辞めて横浜に戻り、母親と生活を始めたという。

あの雪の日のことを、櫻子は、はっきり思い出した。ファイルといっしょに女性の写真が置いてあった。

再び櫻子の前に腰を下ろすと、光司は、ファイルの中から写真を一枚取り出した。やはりあの写真だ。

「これが、今から話す僕の患者や。サクラさん、これ、見たことあるやろ」

「うん。覚えてる」

「ことの始まりは、僕が二十九歳のときや。当時は大阪に住んでて……、まだ精神科の研修医やった」

どこか遠くを見るような目になると、光司は、淡々と話し始めた。

*

初めて大橋瑠璃子に会ったのは、一九九一年——。大阪府吹田《すいた》市にある総合病院の精神科に、研修医として勤務していたときだった。

瑠璃子は、黒いブラウスに黒いパンツ、黒いローファーという喪服のようないで立ちで診察室に現れた。すらりとした長身で、長い髪を無造作に肩まで垂らしている。視線を落としたまま、ゆらゆらとした足取りで光司に近づき、ひとことも言葉を発することなく患者用の椅子に腰を下ろした。

問診票によると、光司より三つ年下の二十六歳。不眠やだるさなどのうつ症状を訴えている。住所欄には、この病院のすぐ近くにあるマンション名が記されていた。

「毎日が虚《むな》しくて、生きてる実感がありません。生きてる意味も見つけられません」

感情のない声で、瑠璃子は訴えた。

光司が質問すると、答えは返ってくるものの、顔を上げることはなかった。床の一点をずっと見つめている。

ときどき、前に垂れた長い髪をかきあげることがあった。化粧っけはほとんどなかったが、美しい顔をしているのはわかる。その青白く整った顔立ちは、ホラー映画に出てくる妖しい美女を連想させた。

瑠璃子は、ひとりごとを言うように、ぽつりぽつりと自分の過去について話してくれた。

小学六年生のとき、居眠り運転のトラックが絡んだ交通事故で、母と弟を同時に失った。それが、人生を一変させた。

ただ、その事故以上に彼女の心を傷つけたのは、父の再婚だったようだ。

高校生になると、瑠璃子は、部活にも入らず、友人と遊びに出かけることもひかえて、忙しい父のために家事全般を引き受けた。事故のショックからようやく立ち直り、この先はずっと父とふたりで暮らすのだと覚悟を決めた。彼女は父親のことが大好きだったし、尊敬もしていた。ところが、父は、隠れて女性と付き合っていた。

瑠璃子が父から恋人の存在を知らされたのは、卒業を間近に控えた大学四年生の正月だった。元日の朝、いつものようにふたりだけでお屠蘇《とそ》をいただいているとき、父は不意に「五年ほど前から付き合っている女性がいる。お前が社会人になったら結婚しようと思う」と告げた。

瑠璃子はショックだった。働き始めても、このままずっと父の世話をするつもりだったのだ。それが自分の役目だと思っていたし、その気持ちがあるから、辛い思いにも耐えることができたのだ。

瑠璃子は、自分の存在を父に否定されたような気持ちになった。

住んでいた自宅マンションの権利と、母と弟の事故の保険金の半分程度を渡すと、父は、瑠璃子の許を去った。再婚相手は、父より八歳年下の水商売をしていた女性で、地味で堅実な母とは、まるで違うタイプだったという。

うつ症状が出始めたのは、そのときからだ。

大学卒業後は、大手企業に総合職として就職したが、社内の人間関係に馴染むことができず二年で退職。その後は、契約社員として私立大学の経理関係のセクションに転職し、パソコンを前に一日中数字と向き合う日々を送っていたが、一週間ほど前に職場で意識を失って倒れ、救急車でこの病院に運ばれた。不眠と栄養不足による貧血が原因で、その日は点滴だけの処置で退院した。精神科を受診することにしたのは、治療にあたった医師の勧めらしい。

倒れるまで、瑠璃子は、仕事を休んだことはほとんどなかったという。平日は、マンションと職場の往復だけ。休日は、たまにひとりで映画を観に行くことはあるが、それ以外は部屋に閉じこもっている。付き合った男性は何人かいたが、いずれも長続きはしなかった。父とは疎遠になり、今は恋人も親しい友人もいない。

最初の頃は全く光司の顔を見ようとしなかったが、週に一度の診察を何度か続けているうちに、瑠璃子は、顔を上げて光司に視線を向けるようになった。

治療を始めて二ヶ月近く経ったある日——。瑠璃子は、デスクの端に置いてある虫入り琥珀に興味を示した。

それは、光司にとって精神安定剤だった。怒りや悲しみ、苦しみなど、患者から様々な負の感情をぶつけられて気分が落ち込んだとき、診察の合間に布で石を磨きながら達彦や伯父の顔を思い浮かべると、平静な気持ちを取り戻すことができる。診察のときは、達彦からもらった虫入り琥珀を、必ずデスクに置くようにしていた。

「それ、なんですか？」

瑠璃子が訊いた。

それまでにも、たまに瑠璃子と同じ質問をする患者がいた。口が重く、なかなか話をしてもらえない患者でも、石がきっかけで会話が始まることがあった。自宅から持ってきた虫入り琥珀をデスクに置いたままにしてあるのは、そのためでもある。

未知のものに興味を示すのは、瑠璃子にとっていい兆候だった。

光司は、虫入り琥珀や化石の魅力について話した。瑠璃子は、ときどき相槌を打ち、わずかだが笑顔も見せた。少しずつではあるが、確実に心を開き始めていた。

次第に、瑠璃子は、丁寧に化粧をするようになり、服装も、黒ずくめではなく、濃紺やグレーなど、少しだけだが色のついた服を着てくるようになった。パンツがスカートになり、ローファーがヒールになった。処方する薬の量も、少しずつ減っていった。三ヶ月を過ぎた頃から、ごく普通に会話ができるようになった。着てくる服にも、明るい色が増えた。

ボーイフレンドができたと告げられたのは、診察を始めてから半年後のことだった。

彼は小中学校の同級生で、一ヶ月ほど前、仕事先の最寄り駅で偶然出会ったのだという。声をかけられても、最初瑠璃子は誰かわからなかったようだが、彼のほうはすぐに気づいたらしい。

以前の瑠璃子なら、彼を無視して逃げ出していたかもしれない。でも、このとき彼女は、生きることにすでに前向きになり始めていた。

「なんか久しぶりに顔見て、思わず声かけちゃったよ」

改札口の前で、彼は、照れくさそうに笑った。

戸惑いはあったが、瑠璃子は、彼に誘われるまま、近くのカフェに入った。

向かい合って腰を下ろすと、彼は「実は僕、小学生のときから瑠璃子さんに気があったんやで」と冗談めかして告白した。

小中学校を通して、瑠璃子は、交際してほしいという手紙を何人もの男子からもらったことがある。そのことを思い出した。全て無視したが、彼もその中のひとりだったかもしれない。

彼は、瑠璃子の家族の交通事故のことを覚えていて、明るく友だちも多かった瑠璃子が、事故を境に暗くなり、あまり笑顔を見せなくなったことが気になっていたという。高校は別々だったが、当時もたまに街や駅で見かけることはあった。ただ、人を寄せ付けないオーラのようなものが漂っていたし、美しく成長した瑠璃子は、自分なんかには手が届かない存在になってしまったようで、声はかけられなかったという。

そのときは、自分の気持ちを彼がほとんど一方的にしゃべった。瑠璃子は、黙って話を聞くだけだったが、そんなふうに自分を気にかけてくれている人がいたと知って、少し嬉しかった。彼は、よかったらまた会ってほしいと別れ際に言ってくれた。それから、付き合いが始まった。

何度目かのデートで、精神科で治療を受けていることを告白した。それを聞いても、彼は、全く動じなかった。自分も力になるからと言ってくれた。

彼はやさしく、力強かった。全力で瑠璃子を守ると約束してくれた。

頬を上気させながら話す瑠璃子を、光司は黙って見守った。

支えてくれる人ができたことを喜ぶ半面、やけに明るい瑠璃子の態度に危うさも感じていた。

瑠璃子は、以前「付き合った男性は何人かいたが、誰とも長続きはしなかった」と話していた。家族——、特に父親を失った喪失感や空虚感を埋めるために異性を求めているとも思えるが、いずれも長く交際を続けることができていない。

今の彼と破局したときの反動が心配だった。この恋がうまくいくことを祈った。

それから三ヶ月後――。彼と婚約したと、瑠璃子は満面の笑みで報告してくれた。交際期間が短過ぎるのではないかと思ったが、大手電機メーカーの研究職に就いている彼の名古屋への転勤が決まり、その前に結婚することにしたのだという。

「今度は大丈夫です。彼は、今まで付き合ってきた人たちとは違いますから。信頼してるし、尊敬してるし、本当に愛してるんです」

瑠璃子は、はっきりとそう告げた。


最後の診察のとき、光司は、結婚祝いに「ラピスラズリ」の原石をプレゼントした。濃いブルーをした、手の平に載るほどの大きさのごつごつした石だが、伯父がアフガニスタン人から直接手に入れた上質のもので、研磨すれば宝石にできるレベルだという。ただ、原石は高価なものではなく、伯父は三千円でそれを売っていた。

不思議そうに石を見る瑠璃子に、

「ラピスラズリの日本名は『瑠璃』いうんです」

光司が説明すると、目を輝かせた。

「これが、瑠璃の原石……」

「はい」

瑠璃子は、その青い石を両手で握りしめた。

「一生の宝物にします」

瞳は潤んでいた。

その日の瑠璃子は、鮮やかなピンクのワンピースを身に着け、五センチほどの高さのパンプスを履いていた。颯爽とした足取りで診察室を出て行くその後ろ姿は、まるでモデルのようだった。

＊

「そんときは、会うことはもうないやろうと思った」

光司は、薄く目を閉じた。

「彼女がまた僕の前に現れたんは、それから四年近く経ってからや」

「四年？」

櫻子は、思わず繰り返した。

ずいぶん長い年月に亘る話だ。ただ、いまだに光司の家族のことは何も出てこない。瑠璃子とどこでどう関わるのか、まるでわからない。

「当時、僕は、大阪市内の、前とは違う病院に勤務してたんやけど――」

光司の顔がわずかに歪む。

これからが話の核心なのだと、櫻子にはわかった。

4

四年ぶりに診察室で見る瑠璃子は、黒ずくめのスタイルに戻っていた。化粧っけのない顔も、虚ろな視線も、おぼつかない足取りも、最初に会ったときと同じだ。

床に目を落としたまま目の前の椅子に座ると、肩まで伸びた髪を無造作にかき上げた。その青白く整った顔は、ホラー映画に出てくる妖しい美女を連想させる。まるでビデオを巻き戻して再生しているようだった。

一ヶ月前に離婚して大阪に戻って来たと、彼女は告げた。それから、光司の勤務先を探したのだという。

最後に会ったときの瑠璃子の明るい表情が、脳裏に浮かんだ。そしてあのとき自分が感じた危うさについても、同時に思い出した。恐れていたことが起きてしまったのだ。

離婚の原因について、彼女は「彼は思っていたような人ではなかった」とだけ漏らした。それ以上詳しく訊くことはしなかったが、状況は想像がついた。

彼は、小学生の頃から瑠璃子に好意を持っていた。中学生になっても、別々の高校に進学してからも彼女のことを気にかけ、美しく成長していく彼女の姿を、自分には手の届かない憧れの存在として見守っていた。

そんなに長い間自分を見てくれていたのだと知って、彼女の胸は高鳴っただろう。同時に、大手電機メーカーの研究者という確固たる地位があり、社会人としての自信と余裕を持って積極的にアプローチしてくる彼に惹かれた。以前瑠璃子自身が話していたように、彼は、それまで付き合った男性とは違っていたのだろう。

彼女は、孤独や空虚感から自分を救ってくれるのは彼しかいないという幻想にとりつかれた。だから結婚した。白馬に乗った騎士を得た彼女は、これから愛とやさしさに満ちた素敵な人生が始まるのだと、心から信じた。

ふたりで暮らすようになると、瑠璃子は、自分が理想とする夫婦像を彼に押しつけようとする。

彼女の理想がどんなものなのか、それを叶えるためにどんな要求を彼にしたのか、具体的なことはわからない。ただ、彼を自分の手で独占しようとしたことは確かだろう。友人との付き合いは許さず、仕事が終わったら真っ直ぐ帰ってくること、休日はずっといっしょに過ごすこと――。まず最初に、そんな約束を彼にさせたのは想像に難くない。しばらくの間は、彼も応えようとしただろう。しかし、瑠璃子の要求は、どんどんエスカレートしていったはずだ。それに全て応えるのは難しい。

瑠璃子はフラストレーションを溜め、彼は疲れ果てる。そして、蜜月のときは終わりを迎える。

自分の想像はそれほど外れていないはずだと光司は思う。この四年間、精神科医として経験を積んできた。同じようなケースもいくつか知っている。

幻想を打ち砕かれ、瑠璃子の状態は振り出しに戻っていた。光司にできるのは、もう一度最初から、根気よく治療をすることだけだった。

前と同じように週に一度の診察を始めて、一ヶ月ほど経ったときだった。梅雨入りしたばかりの六月中旬で、この日も夕方から雨が降り続いていた。

夜十一時――。病院での勤務を終えてひとり暮らしの小さなアパートに帰り、風呂から上がって缶ビールを冷蔵庫から取り出したとき。

チャイムが鳴った。

――誰や、こんなに遅く。

不審に思いながら、キッチンの向こうにあるドアに目を向ける。

もう一度チャイム。

ビールをテーブルに置いてドアに歩み寄り、ドアスコープに目を近づける。

外に立っている人物を見て、光司は眉をひそめた。

瑠璃子だった。

対応すべきかどうか、一瞬だけ迷った。ただ、アパートの部屋は二階にあり、開放廊下に面した窓からは明かりが漏れている。中にいることは、すでに知られている。

チェーンをかけてからドアを開けた。

わずかな隙間の向こうに、瑠璃子の顔があった。その長い髪は濡れて垂れ、顔にへばりついている。青色のブラウスも雨に濡れて透け、下着のラインが見えている。

廊下の天井にある切れかけた蛍光灯が、チカチカと点滅を繰り返していた。その度に瑠璃子の顔が青白く浮かび上がり、また陰になる。

コマ送りをしているように唇が吊り上がった。笑ったのだ。

じわりと、背筋に悪寒が走った。

「夜遅くにすみません」

やけに明るい声で、瑠璃子は言った。

「お話ししたいことがあるんです。お部屋の中に入れていただけませんか？」

そのとき初めて、彼女が白い花束を手にしているのに気づいた。

光司には付き合っている女性がおり、結婚の約束も交わしていた。独身の女性を部屋に入れるわけにはいかない。精神科の医師と患者が私的な関係を持つのも許されることではない。

しかし、そんな常識を別にしても、絶対にこれ以上ドアを開けてはいけないと思った。ドアを開けたら、その先には、きっと、とんでもない出来事が待っている。

「帰ってください」

やっとのことでそれだけ口にした。

「どうして？」

瑠璃子は首を傾げた。

「これ」

瑠璃子は、身に着けていた白いパンツのポケットから石を取り出した。四年前に光司がプレゼントしたラピスラズリだ。

「先生のお気持ちはわかっています。彼と別れて先生のところに戻ってお話しするうちに、私自身も自分の気持ちに改めて気がついたんです。私も先生のことが——」

光司はドアを閉めた。

「帰ってください。あなたは何か誤解している」

声が震えていた。声だけではない、ドアノブを握った指も、痙攣したように震えた。

「先生、開けてください」

ドアがノックされる。

しかし、返事はできなかった。言葉が出てこなかった。

沈黙が訪れた。

ジジ、ジジ——、という、蛍光灯が点滅する音だけが、ドアを通して聞こえてくる。

光司は、その場を動くことができなかった。息を殺して、ただ棒のように突っ立っていた。

「先生」

また、ドアがノックされた。

光司は動けない。息もできない。恐怖で全身が硬直する。

ノックのあと、再び辺りは静まり返った。ジジ、ジジ——。蛍光灯の点滅音が恐怖を増幅する。

しばらくして、またノック。

点滅音。

ノック。

いったい何度それが繰り返されただろう。

やがて、足音が聞こえた。それは遠ざかり、階段を下りて行った。

とうとう瑠璃子はあきらめた。

——助かった。

光司は、へなへなとその場にうずくまった。

翌朝ドアを開けると、廊下にマーガレットの花束が置かれていた。その花言葉が「真実の愛」であることを、光司はあとで知った。

*

櫻子は、言葉を失っていた。ストーカー事件はよくニュースで見るが、まさにそのものだ。

「サクラさん、『転移』って聞いたことない?」

光司が訊いた。

「テンイ？」

「精神医学の分野で使われる用語でね。簡単にいうと、自分を治療してくれる医師に対して患者が抱く感情反応のことなんや。ポジティブな感情を持ってくれることは治療の助けになるんやけど、たんなる好意とか尊敬に留まらずに、たまに恋愛感情にまで発展することがあってね」

「なるほど」

親身になって治療してくれる医師に対しては、そんな思いを抱く患者も確かにいるだろう。

「彼女は、治療を受け続けるうちに僕に恋愛感情を抱き始めたんや。そのことで彼女の状態が好転したことは否めない。生きることに前向きになり、ネガティブな感情は次第に薄れていった。ただ、同級生の彼が現れたことで、その愛情は、いったん僕から彼に向けられることになったんや」

「それが、離婚して、また光司さんに思いが戻ったわけか」

「ラピスラズリには、『真実』とか『幸福の入口』ていう石言葉があんねん。結婚のお祝いに軽い気持ちで贈ったんやけど、彼女は、その意味を捻《ね》じ曲げて考えたんかもしれへん」

「光司さんこそが、真実の幸福を手にするための相手やと思うようになったんやな」

「まあ、そんなとこかもな」

瑠璃子は、どうやって光司のアパートを突き止めたのだろう。自分で光司のあとをつけたのだろうか。

もしかしたら、探偵社などに頼んだのかもしれない。保険金やマンションを譲り受けているから、経済的な余裕はあるはずだ。

「僕は、医師として淡々と彼女に接してきたつもりやった。けど、振り返って考えてみたとき、髪をかき上げたとき見えた顔を美しいと感じたり、診察室を出て行くときの後ろ姿を見てモデルのようやと思ったりした。僕のそうした気持ちの動きを、彼女が敏感に感じ取っていた可能性はある。彼女はとても繊細なんや」

「けど、そやからって――」

言いかけて櫻子は口をつぐんだ。瑠璃子は病気なのだ。常識的な考えは通用しない。

「僕は、大きな間違いをふたつ犯した」

ため息交じりに光司が続ける。

「ひとつは、深く考えもせずにプレゼントを渡したこと」

「けど、結婚祝いやったたんやろ」

「いや。やっぱりそれは、あかんかったんや。もっと慎重に考えるべきやった。もしかしたら、ラピスラズリが、離婚の原因のひとつになったんかもしれへん」

夫との間がうまくいかなくなると、瑠璃子は、やっぱり自分にふさわしいのは光司だったのだと思い始める。そして、ラピスラズリを見ながら、光司への思いを募らせていく。

櫻子は眉をひそめた。想像するだけで恐ろしい。

「もうひとつの間違いは、四年後に彼女が診察に来たとき、すぐに担当を別の医師に代わってもらわなかったことや。転移について、もっと考えるべきやった。僕に対する気持ちに気づかへん自分がアホやった。精神科医として大失格や。彼女を僕に近づけたらあかんかったんや」

「その夜のあとは？　診察には来たんか？」

「いや。診察には、もう来いひんかった。病院の職員に連絡を取ってもらったんやけど、体調が悪くて診察に行くことはできないて言われたそうや。それからは連絡が取れへんようになった。そのあと、僕は結婚した」

やっと家族のことが出てきた。ここまでの話の流れから推測すると、これから間違いなく不穏な展開になるだろう。

櫻子は緊張した。

5

妻の葉子は、札幌生まれで、三つ年の離れた弟とふたり姉弟。父親は、北海道に何店舗かを持つ家具のチェーン店を経営している。

高校の修学旅行で訪れたときから、京都の古い街並みや文化にあこがれを持つようになり、京都の私立大学に進学した。大阪に伯父の家族が住んでいたため、本人も家族も、北海道から離れることに不安はなかったらしい。

知り合ったのは仕事がらみだった。光司が三十二歳のときで、当時葉子は、外資系の食品会社の大阪支社に勤めていた。

バブルが弾けたあと、仕事でのストレスが原因でうつ病になる社員が増えており、その対策のために、ちょっとした講演会が葉子の会社で開かれることになった。元々は光司の上司である教授に依頼がきたのだが、日にちが学会と重なってしまったため、光司が代理に指名された。その講演会の運営を任されていたのが、当時広報部に在籍していた葉子だった。

ストレスチェックの仕方やメンタルヘルスケアについて、百人ほどの社員を前に基本的なことを話し、なんとか無事講演を終えたあと、ちょっとした接待を受けた。その席には葉子もいた。

食事会が終わったあと、葉子のほうから、ふたりだけで打ち上げをしませんか、と誘ってきた。事前の打ち合わせと、当日の付き添い、接待の席でも隣で世話をしてくれたから、葉子とは結構長い時間をいっしょに過ごした。光司も彼女が気になっていたから、ふたつ返事でOKした。

結婚したのは、三年近く付き合ってからだ。光司が三十五歳、葉子が三十一歳のときだった。翌年には娘のめぐみが生まれた。

二〇〇二年――。四十歳になったとき、病院勤めを辞めて大阪府高槻《たかつき》市に精神科のクリニックを開き、歩いて通える距離にマンションを買った。葉子は、結婚後も大阪市内にある同じ会社で働いていた。

仕事も家庭生活も順調だった。瑠璃子のことは、記憶の奥底に澱《おり》のようにこびりついていたが、思い出すことはほとんどなくなっていた。

次に瑠璃子と会ったのは、クリニックを開業して一年余り経ったときだった。

九月下旬の日曜日の午後――。五歳になった娘と妻と三人で、近くの公園に出かけた。アイスクリームが食べたいとめぐみがねだり、光司は、ふたりを残して近くのコンビニに向かった。

公園に戻ると、めぐみが、象さんの滑り台の上で、光司に向かって手を振った。滑り台の下には、葉子の他に、もうひとり女性が立っている。

幼稚園のママ友かなと思ったとき、女性が振り返った。

光司は、手にしていたコンビニの袋を落としそうになった。

瑠璃子だった。

足がすくんだ。心臓が止まるかと思うほど驚いた。

しかし、次の瞬間、駆け出していた。彼女は危険だ。

葉子が、目を丸くしてこっちを見た。

「どうしたの?」

「帰るんや、今すぐ!　めぐみも」

歓声を上げてめぐみが滑り降りてくる。その身体を抱き上げ、葉子に渡す。

光司の態度から何かを察したのだろう、めぐみを抱きかかえると、葉子は、急ぎ足で公園の出入り口に向かった。

光司は、瑠璃子の前に立ちふさがった。

「どういうつもりですか」

瑠璃子は、薄笑いを浮かべている。

膝の抜けたデニムのパンツに、古着のような紺色のジャケット、汚れたスニーカー。長い髪は、後ろでまとめてひっつめてある。顔にはシミが目立つ。

この何年かの間に何があったのかはわからない。しかし、ひと目で状態が悪化しているのはわかった。彼女は壊れかけている。

「奥さんに声かけたのよ。可愛いお子さんですねって。ほんま、可愛い子。奥さんも美人やし。お幸せね」

「また、僕が住んでるところを探したんですか」

医師として名前を公表している以上、調べるのは難しいことではない。

「何しに来たんです」

「偶然よ。たまたま通りかかっただけ」

嘘だ。住居を知って近くまで来たとき、マンションから光司たち家族が出てくるのを見て、あとをつけたのだろう。あるいは、これまでにも何度かここに来て、隠れて家族の様子を観察していたのかもしれない。

ぞっと、背筋が震えた。

「あなたは、何がしたいんですか」

「別に何も。たまたま通りかかっただけやて言うたでしょ」

唇が吊り上がる。瑠璃子は笑っている。

アパートに来たときのことを思い出した。

「二度と家族には近づかないでください」

「どうして？」

「家族は関係ない」

「奥さんと娘さんを、愛してはるんですね」

光司は答えなかった。

瑠璃子は、葉子とめぐみが去ったほうに顔を向けた。ふたりの姿は、すでにない。

「大切なんですね、奥さんと娘さんのことが」

暗い声でつぶやき、一瞬だけ光司に目を向けると、瑠璃子は身をひるがえした。そのまま、葉子たちが向かったのとは逆方向にある公園の出入り口に向かう。

それきり、瑠璃子は、また姿を消した。

6

「何年かごとにやって来るて……、オリンピックやあるまいし、どういうことやねん」

執念深いというだけではない。とても常識では考えられない。

「人の心いうんは、ほんまにわからんもんや。僕と会《お》うてない間に彼女の身にどんなことが起こってたんかわからへんから、推測でしか言えへんけど……、彼女は、同じサイクルを繰り返してたんやないかと思う」

「同じサイクル？」

「耐えられない孤独や空虚感の中で、ふと誰かに惹かれる。この人なら自分を救ってくれるていう幻想を抱く。その人に依存する。付き合ってしばらくして、幻滅して別れる。あるいは、捨てられる。また別の人に惹かれ、幻想を抱く」

「その繰り返し？　男に依存しないと生きていけへん体質か？」

「うん。『恋愛依存症』いうてもいいかもしれへん」

「恋愛依存症か……。なるほど」

「そんなサイクルの中で、彼女にとって僕は、最後の拠り所やったんかもしれへん。アパートに来たときはいったんあきらめたけど、そのあとボロボロになって、また僕のことを思い出した。それにはな、ラピスラズリが引き金になってるような気がすんねん」

「石を見る度に、光司さんのことを思い出してたとか？」

「うん。そうやったんかもしれへん」

男と別れる度に、瑠璃子は、ラピスラズリを取り出して眺めていた。そうしているうちに光司に会わずにはいられなくなる。その繰り返しということか。

「公園で彼女が家族の前に現れたあとな……、実は、探偵社に頼んで、彼女のこと調べてもろたんや。元患者の個人情報、外に漏らすんは、ほんまはＮＧやけどね。緊急事態や。これが、そんときの報告書や」

光司は、目の前に置いた青色のファイルに指を置いた。

「写真も、その調査のとき撮影したもんや」

「警察には、通報せえへんかったんか？」

「その段階で警察に通報しても、なんもしてくれへんかったやろ」

「まあ、そやろな」

何年かに一度姿を見せるだけでは、今の「ストーカー規制法」にも引っかからないだろう。

「で、彼女に会いに行ったんか？」

「いや、彼女やなく、彼女のお父さんに会いに行った。彼女の状態を知るには、お父さんに話を聞くんが一番いいて思ったんや。探偵社には、家族のことも調べてもろてたから」

「へえ」

確かに、彼女の家族に話を聞くのは意味があるだろう。特に父親は、彼女の病気の根本原因といってもいい存在なのだ。

「お父さんは、再婚した相手と、ふたりの間にできた娘さんと三人で暮らしてた。娘さんは、当時中学生やったかな」

光司は、そこで薄く笑った。

「お父さんも、再婚相手の女性も、彼女から聞いてたのとはまるで違《ちご》とった」

「違う？　何が？」

「まず、奥さんは、水商売してたんやなく、お父さんの部下やった」

「会社の？」

「そうや。お父さんは中堅の建設会社の役員で――、とても穏やかでやさしそうな人やった。奥さんは、結婚と同時に会社を辞めて専業主婦になったんやけど、当時は、近所のお総菜屋さんで昼の間だけパートしてる言うてた。奥さんも、やさしそうな人やった。瑠璃子は、父親の再婚相手は母親とは正反対の人やて話してたけど、お父さんは『どちらかというと、亡くなった妻に似てると思う』て言うてはった」

「嘘ついてたんか」

櫻子は眉をひそめた。

「なんで？」

「嫉妬、みたいなもんかな。母親の代わりに自分が一生懸命世話してきたのに、父親は、結局、亡くなった母親と似た人を選んで家を出てったわけや。それが許せなくて、あえて正反対の人物像を話したんかもしれへん」

「複雑やな」

「人の心は複雑怪奇や。ほんまにわからへん」

光司は、小さくため息をついた。

「奥さんと息子さんを亡くしたとき、お父さんはまだ三十代やった。いくら奥さんを愛してはったからて、一生独身を貫くには若過ぎる。子育てが一段落して、いい人が見つかれば、再婚したいて思うんは当然や。それにな、お父さんは、娘が自分の時間を犠牲にして家事をしてることが辛かった言うてた。そういうことから解放させてあげたいて、ずっと思ってたそうや。

ただ、瑠璃子は、父親の世話してるいうことで、母親と弟を失った痛みを紛らわせているようなところもあったから、お父さんとしては、再婚を言い出すタイミングが難しかった。今の奥さんとは、瑠璃子が高校生のときから付き合《お》うてたらしいんやけど、ふたりで話し合って、大学を卒業するまで結婚するんは待とう、て決めたそうや。今の奥さんはな、もし瑠璃子が望むなら、いっしょに暮らすとも言うてくれたらしい」

「てことは、お父さんたちが出て行ったんやなく、瑠璃子のほうが同居を拒んだんか？」

「お父さんは、最初から同居は難しいと思ってたみたいやけどね。それまで住んでたマンションは、ひとり暮らしには広過ぎるから、そこに自分たちが住んで、瑠璃子は、もう少し職場に近いマンションを借りればいいんやないかと思ってたそうや。けど、瑠璃子は、それを拒んだ。母親と弟の思い出があるこの部屋からは絶対出て行かないと言い張った。それで、お父さんが出て行くことになったらしい」

瑠璃子が実の父親を追い出したということか。父親はさぞかし辛かっただろう。

「それからな……、瑠璃子が初めて診察を受けに来たんは、ふたりの間に子どもが生まれた年やった」

「子どもが生まれたんが、ショックやったってことか？　父親が、母親以外の女性との間で子どもを作ったんが、許せへんかったんかな」

「かもしれへん。それまでは、ときどきお父さんたちの新居に顔を見せることもあったらしいんやけどね。子どもが生まれてからは、婚約者といっしょに一度訪ねて来ただけやったそうや」

「あんたの奥さんと娘さん見たとき、彼女はどう思ったんやろうな」

「どうやろな……」

光司は目を伏せた。

嫉妬、孤独、悲しみ、絶望――。瑠璃子の心を占めたのは、そんな感情だろうか。

「お父さんは、娘の病気のことは知っとったんか？」

「いや。知らへんかった。僕が話したら驚いてた。僕が帰ったあとで瑠璃子に連絡取ったそうやけど、病気のことはほとんど話してくれへんかったて。そのあとすぐ、居場所がわからんくなったそうや」

「父親にも知らせずに、姿を消したんか。けど……、話はここで終わりやないよな？」

嫌な予感が膨らんでいた。これで終わりなら、医者を辞めることも、家族と別れて暮らす必要もない。

「また現れたんやろ？　今度はいつや」

「八年後かな。娘のめぐみが中学二年生のときや」

二階の寝室のデスクで見た写真――。可愛らしい少女の顔が、櫻子の脳裏に浮かんだ。

7

阪急《はんきゅう》高槻市駅で電車を降り、街中へと歩き始める。

事件現場が近づくにつれ、歩く速さが遅くなっていくのが自分でわかった。

見覚えのある風景が続いている。

身体が震え始めた。唇が乾く。冷や汗が背中を伝う。

それでも、めぐみは立ち止まらなかった。深呼吸を繰り返しながら、一歩ずつ前に進んだ。

辺りにはビルが建ち並んでいる。一階にカフェやレストラン、ドラッグストアなどが入り、上階が事務所やマンションになっている建物が多い。

六階建てビルの正面に来ると、めぐみは足を止めた。

一階から三階には、中学生のとき通っていた塾が入っている。塗り替えたのか壁の色は変わっているが、あとはあのときのままだ。

あれから十三年――。めぐみは、事件以来、初めて現場に立った。

鼓動が激しくなった。呼吸も速くなる。

落ち着け、と自分に言い聞かす。

ゆっくりビルに目を向けた。

一階中央、少し引っ込んだところに、大きなガラスドアがある。授業が行われる教室は二階と三階にあり、一階は自習スペースになっている。玄関の左手は高校生、右手は中学生用と分かれており、デスクや椅子が連なっているのが、ガラスの壁面を通して外から見えている。まだ昼前の今、生徒の姿はない。

十月のあの日の、午後九時過ぎ——。夕方から雨になり、傘を持っていなかっためぐみは、迎えに来てほしいと母に電話した。父はまだ帰宅していなかった。

ビルの玄関から走り出る十三歳の自分の姿が、ふと瞼の裏に浮かんだ。

すると、あのとき起きたことが、フラッシュのように頭の中で瞬き始めた。

＊

自習室のガラス越しに外を眺めていると、スピードを落とした白い車がビルの玄関前に横づけされるのが見えた。

運転席にいる母の姿を確認すると、めぐみは、椅子に置いていたバッグを手に、足早に自習室を出た。生徒の大半はすでに帰宅していて、自習室にもロビーにも人の姿はほとんどない。

玄関のガラスドアが左右に開くと同時に、めぐみは、雨の中に飛び出した。小走りに車に近づく。

身を屈《かが》めて助手席のドアを開けた。運転席では母が笑顔を向けている。

乗り込もうとしたとき。背後で、ぴちゃぴちゃと雨水が跳ねる音が聞こえた。誰かの足音だ。こっちに近づいてくる。

振り返ると、女性が迫っていた。短い前髪が、雨に濡れてべったりと額に貼りついている。街灯の光に浮かび上がったその顔は、まるで能面のようだ。

めぐみは、ぎょっと目を見開いた。女性はナイフを手にしている。

しかも、その顔には見覚えがあった。

小さい頃から今まで、何度も見せられた写真。

——この女の人を見かけたら、すぐにお父さんかお母さんに知らせるように。いきなり話しかけられても、絶対に口を利かないように。

万が一危険を感じたら鳴らすようにと、防犯ブザーも渡されていた。今、ブザーは、バッグのサイドポケットに入っている。でも、もう遅い。

ナイフを持った腕を振り上げながら、女性がこっちに向かってくる。

あまりの恐怖で身体が動かない。声も出ない。

刺される――、と思ったとき、

「やめて！」

悲鳴のような叫び声が聞こえた。母だ。

女性の動きが止まった。その視線が、めぐみの背後に向く。母の顔を見たのだと思った。目が合ったのかもしれない。

「お願い」

今度は、懇願するような響きだった。

振り返ることはできなかったが、祈るような母の顔が頭に浮かんだ。

すると、女性の表情が動いた。

夢から醒めた。あるいは、我に返った。そんなふうに見えた。

女性の身体から力が抜けたのがわかった。ナイフを持った手を力なく下ろした。

放心したような顔で一歩下がると、女性は、悲しげな瞳をめぐみに向けた。雨に紛れていたが、涙を流しているように見えた。

腕が上がった。
ナイフの刃を自分の喉にあてる。
ゆっくり目を閉じる。唇が震えている。
「やめて！」
母が叫ぶと同時に、女性は腕を横に引いた。
血が噴き上がる。
赤いしぶきが、めぐみの顔に降りかかる。
崩れ落ちるように、女性がその場に倒れ込む。
次の瞬間、目の前が真っ暗になった。
自分の名前を呼ぶ母の声を聞きながら、めぐみは失神した。

＊

あのときのことは、今でもときどき思い出す。
それも、スローモーションを見ているかのように、はっきりと。
あのタイミングで母が声を上げていなければ、刺されていたと思う。あのとき、彼女は正気に戻った。そんな気がする。

歩道にぼんやり立ち尽くしていたとき、スマホの着信音が鳴った。

バッグから取り出し、耳にあてた途端、

〈めぐみ、あなた、大丈夫なの？〉

緊張した声が聞こえた。母だ。

ここに来る途中、向かっている場所をＬＩＮＥで伝えていた。仕事中だからか、すぐに既読にはならなかった。今、読んだのだろう。

「大丈夫よ、ちょっとドキドキしたけどね。もう大丈夫」

〈なんでそんなところに行くのよ〉

「乗り越えるため、かな。いつまでもトラウマ抱えたまま生きていたくないもの」

〈そう……〉

息をつく音が聞こえた。

「お母さんは？　仕事は終わったの？」

〈今日は挨拶だけだから、もう済んだ。どこかで待ち合わせする？〉

「うん」

待ち合わせ時間と場所を決め、スマホを切ると、めぐみは、ビルの前を離れて歩き出した。

　雨に濡れた瑠璃子の顔が、一瞬だけ脳裏に浮かんだ。

8

「瑠璃子は一命をとりとめた」

　嘆息交じりに光司は言った。

「最初から自殺するつもりやったんか？　それとも娘さんを――」

　そこで櫻子は唇を噛んだ。

「塾の前で待ち伏せしてたんやから、娘を襲おうとしてたんは間違いないやろ。娘を刺してから、自分も死のうとしてたんやないかな」

「なんで娘さんやねん」

「僕が一番悲しむことを、最後にしたかったんかもしれへん」

「そんなにあんたのことが憎かったんか？　可愛さ余って憎さ百倍みたいなことかいな」

　光司は苦笑した。

「実は、事件の何ヶ月か前に、彼女のお父さんが病気で亡くなったんや。それが引き金になったんは間違いない」

「一番愛してた人に死なれて、自暴自棄になった？」

「ほんまのとこはわからへん。警察の取り調べ中は、ずっと意味不明なことを言い続けてたそうや。そのあとは、専門の病院に入院した。実際にめぐみを傷つけたわけやないし、心神耗弱《こうじやく》も認められたから、事件にはならへんかった」

「娘さんは？　大丈夫やったんか？」

「めぐみは、ショックで、しばらくの間、口が利かれへんようになった。日常生活が普通に送れるようになったんは、一ヶ月以上経ってからや」

殺されかけたあと、人が自分で喉を掻き切るところを目の前で見たのだ。無理もない。

「ただな、娘より妻のほうが症状は深刻やった。動揺が激しくて、自分の感情がコントロールできひんようになってね、何度も錯乱状態になった」

「そうか……。奥さんも目の前で見たんやもんな」

「初めて瑠璃子が家族の前に現れたあと、彼女とのいきさつを話したんやけど……、妻は、瑠璃子のことを知って動揺して――、今度姿を現したら娘が何かされるんやないかて、ずっと心の底に不安を抱えてたみたいでね。それが、八年も経って忘れかけてた頃に、実際に目の前であんなことが起きてしまって……。相当なショックやったと思う。錯乱状態になったとき、僕を責めた」

　櫻子は、顔をしかめた。

「家族と離れて暮らすようになったんは、その事件がきっかけなんやな？」

「うん。ふたりが受けた心の傷を癒すためには、全然違った環境で生活したほうがいいて思ったんや。そのためには、妻の実家がある北海道はうってつけやった。妻の両親も力になるて言うてくれた。幸い妻が勤めていた会社は理解があってね。北海道支社へ転勤させてくれた上に、病気療養いうことで、当分の間は休職扱いにしてくれるて言うてくれた。妻は仕事辞めるつもりやったようやけど、娘もご両親も、元気になったときまた元の生活に戻るためにも、とりあえず今は会社の厚意に甘えたほうがいいて説得したみたいでね。結局妻は、半年以上休職したあと、北海道支社で働き始めた」

「働き始めた頃は、奥さん、立ち直ってたんか？」

「いや。完全にとはいえへんやろな。ご両親の支えもあって、事件直後みたいに錯乱するようなことはなくなったようやけど、地元の精神科には定期的に通ってて、薬も呑んでたみたいや。逆に、娘のほうは前と変わりないくらいに元気になってて――、たまに電話で話すと、自分のことより母親の心配ばかりしてた」

「あんたは、いっしょに北海道に住もうとは思わへんかったんか？」

「妻が元気になるまでは距離を取ったほうがいいと思ったし、瑠璃子のことも考えた。万が一のことやとは思ったけど、僕がいっしょにいたら、また姿を現すかもしれへん。それだけは、絶対に避けたかった」

「ああ、そういうことか」

櫻子はうなずいた。

光司は、妻と娘だけを遠く離れた北海道に移住させ、自分はこっちに留まった。妻と娘を守るために。

「医者辞めたんも、居所を突き止めさせへんようにするためなんか？」

「いや。もう医者を続ける気力がなくなったんや。自信もなくなってた。最初に診察してたとき、それと二度目のとき——、きちんと治療できてれば、彼女はあんなふうに壊れることはなかったかもしれへん。その結果、家族を巻き込んでしもた。全部僕の責任や。

僕が側《そば》にいたら妻が苦しむかもしれへん思って、離婚も考えたんやで。署名して、ハンコ押してね、北海道に行く前、妻に渡した。妻は、今はまだ落ち着いて考えられる状態じゃないから、実家に戻ってからゆっくり考えるて言うた。僕は、離婚も仕方ない思ってた」

「それで、ここに来たんか」

「しばらくの間は、高槻のマンションで、ひとりで暮らしてたんや。けど、そのうち僕自身がうつ病になってね。そしたら、伯父さんが、しばらくうちにいろって言うてくれて——。僕の両親も、伯父さんとの同居を勧めてくれた」

「中学生のときのことがあるからな。ご両親も、太一郎さんといっしょなら安心やて思ったんやろな」

櫻子は笑った。光司も笑みを返す。

ここに来た当初の光司の様子を、櫻子は思い出した。今の姿からは考えられないほど陰気で、生気が感じられなかった。

「僕が立ち直れたんは、伯父さんのおかげや。実はな、妻とより戻すことができたんも、伯父さんがきっかけなんやで」

光司は、座卓の上に置いた遺影に顔を向けた。つられて櫻子も首をひねる。太一郎本人は、なんの悩みもないような屈託のない笑顔でこっちを見ている。

「亡くなる二ヶ月ぐらい前やったかな、一時的に体調がようなったとき、伯父さん、ひとりで北海道に行ったんや。『ちょっとめぐみに会いに行ってくる』て書き置き残してな。娘のことは孫みたいに可愛がってくれてたから、死ぬ前にいっぺん会いたかったんやろうけど、身体のこと考えたら、ほんまはそんなことしたらあかんかったんや」

「思い残すことがないようにて思ったんやろな」

櫻子自身も、そろそろ終活を考え始めてもいい年齢だ。太一郎の気持ちはわかる。

「そんとき、妻とも話したみたいでね。あとで聞いたら、『瑠璃子を診ていた当時、医師としては未熟でいたらないこともあったやろうけど、事件は光司の責任やない。怯えてばかりいないで、そろそろ瑠璃子の存在から解放されるときやないんか』。そう言うたんやて」

「それで、よりを戻したんか？」

「そのあとな、もう一度やり直したいって、妻は言うてくれた」

「ん？」

櫻子は首を傾げた。

「そんならなんで、今も離れて暮らしてるんや」

「その一ヶ月ぐらいあとにお義父さんが脳梗塞で倒れて、右半身に障害が残ってしもたんや」

「それはまた……」

櫻子は絶句した。

「お義父さんは、それまでずっと、妻と娘を支えてくれてたからな。倒れたんは、その心労のせいもあったんかもしれへんから、妻としては、両親を残してこっちに戻るわけにはいかへんかったんや。お母さんも年やからな、ひとりで介護するんは大変やろうし」

「弟さんがいてはるやろ？」

「義弟は父親の会社継いでて、家族と札幌のマンションに住んどった。妻の仕事中は、奥さんがときどき通ってきてくれたんやけど、小さな子どもがふたりいて、いつもいうわけにはいかへんから」

「それで、北海道に残ったんか」

「めぐみが大学受験控えてて、北大志望やったし、それに、まだ瑠璃子のことも心配やったからな。話し合って、当分は向こうに住むことになったんや」

「ああ、そないゆうたら――」

肝心なことをまだ訊いていないことに、櫻子は気づいた。

「今、瑠璃子はどないしてんねん？　行方とか、わかってんのか？」

「亡くなった。二ヶ月前に」

「それは――」

よかった――、と続けようとして、櫻子は言葉を呑み込んだ。どんな理由があるにせよ、人の死を喜ぶのは不謹慎というものだろう。

「幸恵さんの弟がここに来たあの朝にな、弁護士から電話がかかってきたんや」

「弁護士？」

「事件直後に入院した病院を出たあと、瑠璃子のことは、神戸に住んでる義理の母親が面倒見てたんやけど……、重い病気に罹って、もう長くないてわかったとき、本人が僕と話がしたいて言うたらしくて――、その義理の母親が弁護士に相談して、僕のところに連絡がきたんや」

「話したいて、何を」

「謝りたいて。できれば、娘にも直接」

「娘さんにもか……」

櫻子は顔をしかめた。

「それで、あんた、どないしたんや？」

「ずっと無視してた」

「そらそうやろ。何をいまさら」

「そしたらな、弁護士を通して手紙が届いたんや。サクラさん、覚えてへんか？　この夏に達彦くんがここに来たとき、僕、若王子神社のカラスの額の前にいたやろ？」

「ああ」

覚えている。朝の日課にしているウォーキングで神社に行ったとき、光司は額の前にいた。

「手紙が届いたんは、あの何日か前やった。その手紙にはな、『ごめんなさい　ごめんなさい』って、乱れた文字で、何度も繰り返し書いてあった。僕があげたラピスラズリも同封してあった。それから、僕は迷い始めた」

「迷うて、何を」

「弁護士を通して彼女から連絡があったいうことは、妻にも娘にも言うてなかった。けど、謝罪の手紙見てな、僕だけの判断で無視したままでええんか、考えたんや。もうすぐ亡くなる人からの、最後の願いでもあるわけやから」

「それでカラスか？」

「カラスのことは、達彦くんが訪ねて来るから思い出したんやけど……、あの額の前に行って、妻と娘に手紙のことを話すべきか考えてたんや」

「話したんやな」

光司はうなずいた。

あの額の前に行ったということ自体、話そうという思いが強くなったからに他ならない。

――物事はいろんな視点から見る必要がある。

額の前で、光司は改めてそう考えたのだろう。もしかしたら、あの日、中学生時代の思い出を話してくれたのも、話す決意を固めるためだったのかもしれない。

「そしたら、娘がな、会いたいて言い出したんや」

これには櫻子は驚いた。

「なんで」

「理由は、そんときは話してくれへんかった」

「会いに行ったんか？」

「ああ。娘とふたりで。妻は反対したんやけど、娘がどうしても会いたいて言うてな。妻は、自分は冷静でいられる自信がないからて、いっしょに来いひんかった。まあ、行く言うても、僕が止めてたと思うけどね。

当時瑠璃子は、神戸の病院に入院してたんやけど、話すこともほとんどできひんくらい弱ってた」

そのときのことを思い出したのか、光司は、わずかに眉をひそめた。

9

「浄土寺」でバスを降りると、めぐみは、母と並んで歩き出した。

父のところに行くのは、別れて暮らすようになってから初めてだった。

家族で会うときは、いつも父のほうが北海道にやって来た。年に三度か四度ほどだったろうか。家族の中で一番暇だからというのが理由だったが、自分と母を瑠璃子のいる場所に近づけたくないというのが本心だったのだと思う。

「お父さん、私たちがこっちに来るの、ほんとに嫌がってたよね」

めぐみが話しかけると、母は笑った。

「私が普通じゃなくなっちゃったからね。万が一、また私があの人と出くわしたら大変なことになるって思ってたんでしょう。あなたには悪いことしたわね。太一郎さんにはもっと会いたかったでしょう？」

「うん。まあね」

北海道に引っ越すまで、太一郎のところには何度も遊びに行っていた。めぐみは、その変わり者のおじさんが大好きだった。

亡くなる直前、太一郎は、「通夜も葬式も行わず、ただ骨を墓に納めてくれればいい、めぐみと葉子には会って来たからわざわざ呼ぶ必要はない」と遺言したという。太一郎は、死んでから会いに来てもらっても嬉しくもなんともないと、生前から言っていたらしい。それも太一郎らしい。

納骨は、父と父の両親だけで行ったという。今日は、亡くなって初めて命日に墓参りができる。

「本当に大丈夫だったの？」

母が訊いた。ひとりで現場に行ったときのことを心配しているのだ。

今朝はいっしょに札幌を発《た》ったが、母は、来年一月に転勤することになっている大阪支社に挨拶に行っていた。先に父のところに行くことになっていたのだが、めぐみは、母に黙って現場に向かった。札幌を出る前から、そう決めていた。

「大丈夫。なんだかすっきりした」

「あなた、強いわね。お母さんは、とてもそんな気にはなれないいな」

めぐみは、黙ったまま小さく肩をすくめた。

強くはないと自分では思う。とりわけ事件後しばらくの間は、口を利くことができず、毎晩のように悪夢にうなされ、食べ物がまともに喉を通らなかった。元の状態に戻れたのは、北海道の自然や祖父母のおかげだと思う。

ただ、母が受けたショックは、めぐみ以上に大きかった。北海道に行ってからは、錯乱状態に陥るようなことはなかったが、いつも瑠璃子の影に怯えていた。

街を歩いているときには、角を曲がったら瑠璃子が立っているのではないか――、車を運転しているときには、突然目の前に瑠璃子が飛び出して来るのではないか――、家の玄関のドアを開けるときには、廊下の奥から瑠璃子が走って来るのではないか――。

ふと、そんな想像をしてしまうのだという。

母には、めぐみ以上に時間が必要だった。それでも、少しずつではあるが、元の自分を取り戻していった。めぐみは、いつも母を気にかけ、寄り添うようにして生活した。

祖父の介護をしなければならなくなったことは、かえってよかったのかもしれないと今では思う。仕事と祖父の世話で、事件のことを思い出す暇もなくなったのだ。

道は上り坂になった。

「あなた、いつから、あそこに行こうって思ってたの？」

ゆっくり歩を進めながら母が訊く。

「今日、突然決めたわけじゃないでしょう？」

「病院で瑠璃子さんに会ってから」

母は、驚いた顔でめぐみを見た。

あのときから、一度事件現場に戻ってみようとずっと考えていた。それで、自分の中で事件を終わらせたかった。

＊

瑠璃子は、窓際に置かれたベッドに横たわっていた。

八畳ほどの個室で、カーテンを開け放った窓からは、明るい日差しが室内に降り注いでいる。

めぐみと光司がゆっくりベッドに歩み寄ると、瑠璃子は、顔だけをふたりのほうに向けた。身体を動かすことは、もうできないのだという。病院の玄関前まで迎えに来てくれた瑠璃子の義理の母親は、心配そうな顔を向けながら、めぐみたちの後ろに立った。

めぐみは、手の届く距離で瑠璃子と向かい合った。

瑠璃子は、「あうあう」としか口にできなかった。まともに言葉を発することは、もう難しいらしい。病室に来る前に会った担当の医師は、記憶も混濁していると話していた。

ただ、入院したときからずっと、あのときの娘さんに謝りたいのだと繰り返し言い続けているのだという。

「お久しぶりです」

まず、横に立つ父が挨拶した。

「こんにちは、風折めぐみです」

続けてめぐみが名乗ると、瑠璃子の目から涙がこぼれ落ちた。

「あうあう、あうあう――」

何度もそう繰り返す。ごめんなさい、ごめんなさい――。そう言っているように聞こえる。

「教えてください」

めぐみは、ベッドの瑠璃子に向かってわずかに身を屈めた。

そして、

「あのとき、あなたは、私を刺そうと思ってたんですよね」

いきなりそう尋ねた。

瑠璃子がうなずく。

「私が憎かったんですか？」

苦しげな表情になると、瑠璃子は目を閉じた。

小さく首を振る。それは「違う」というより、「わからない」と言っているように見える。

「父を絶望させようとしたんですか？」

また首を振る。

あのとき自分が何を考えていたのか、瑠璃子にはもうわからないのかもしれない。覚えているのは、自分がした行為だけということか。

「刺すのを止めたのは何故ですか？」

めぐみは質問を変えた。

「母が理由ですか？」

瑠璃子は目を開いた。

「あのとき、母の声が聞こえたんですね？」

うなずく。

「母と目が合ったんですか？」

またうなずく。涙がこぼれる。

瑠璃子は、ずっとめぐみに視線を向けている。能面ではない。感情を持った人間の顔をしている。

しばらくの間沈黙が続いた。

めぐみの頭の中では、あの雨の日に見た瑠璃子の姿が浮かんでいた。

瑠璃子は、必死で娘を守ろうとする母の姿を見て、そして、祈るような「お願い」という言葉を聞いて、思いとどまったのだ。

「ありがとう。私を刺さないでくれて」

めぐみが口にすると、瑠璃子は、唇を震わせながら、声を上げて泣き始めた。

めぐみは、ただじっとその様子を見つめた。


瑠璃子が亡くなったと連絡があったのは、その二日後のことだ。

義母によると、安らかな顔で逝ったという。

10

「ありがとう、て……」

櫻子は唖然《あぜん》とした。

「自分を襲おうとした相手やで」

「あとで娘は、確かめたかったんやて言うとった」

「確かめる？　何を」

「襲いかかってきたとき、瑠璃子は、なんの感情もないような、能面みたいな顔やったんやて。それが、運転席の妻のほうを見た途端、その表情が変わって……、ナイフを喉にあてたときには、泣きべそをかいてる子どもみたいな顔になったたて。どっちがほんまの彼女なんか、どんな顔で死を待ってるんか、自分の目で確かめてみたかったそうや。

瑠璃子は、ベッドの上で、子どもみたいにずっと泣いとった。どこまで正気に戻ってたんかはわからへんけど、めぐみ見て、ずっとボロボロ涙流してた。めぐみは、それ見てるうちに、自然に『ありがとう』て口にしてたらしい。それは、自分を襲おうとしたときの正気を失ってた瑠璃子やなくて、母の声で正気に戻ったほうの瑠璃子に対して言うたんやと思うて、自分で分析してたわ」

「あんたの娘さんて、ずいぶん客観的いうか、冷静なんやな。どんな仕事してんねん」

「医者や」

「へぇ」

今度は、櫻子は身体をのけぞらせた。驚くことだらけだ。

「精神科医か？」

「いや。外科医」

「なるほど。冷静沈着で客観的、いかにも外科医っぽいな」

「それは、まあ、テレビドラマの見過ぎのような気はするけど……」

光司が苦笑する。

「それでな……、北大の医学部出て、国家試験に合格して、今は向こうの病院で研修医してるんやけど、本人がこっちに戻って来たい、いうんで、知り合いで偉なってる医者に紹介してもろてな——」

「娘さん、こっちに来るんか？」

「来年の春から京都の病院で研修医続けることになった。実は、去年、お義父さんが亡くなってね、妻も転勤の希望出してたんやけど、やっとそれが通って、一月から会社の大阪支社に戻ってくるんや」

またまた驚いた。

「せやったら、あんたといっしょに住むんか？」

「うん」

「北海道の実家は？」

「妻の弟の家族が、お義母さんといっしょに住むことになってる。今日は、サクラさんにふたりを紹介しとこうて思って」

「今日？　紹介？」

驚き過ぎて感覚が麻痺してきた。

「伯父さんの墓参りに来ることになってるんや。もう着く頃や」

「うそやろ」

そのとき、ガラガラ――、と音を立てて玄関の戸が開いた。

「お父さん」

若い娘の声がした。

跳び上がるようにして立ち上がり、嬉しそうに部屋を出て行く光司の背中を、櫻子は、呆気にとられながら見送った。

エピローグ

薄桃色の花びらが店の前まで舞い落ちてきた。

哲学の道の桜は、今が満開だ。

店のドアの周りを掃いているとき、引き戸が開く音がした。振り返ると、家の中から葉子が姿を現した。

「おはようございます、サクラさん」

紺色のパンツスーツにローヒール。いかにもキャリアウーマンぽい。今は大阪支社の広報部長だという。

「ああ、おはよう。早いんやな」

時刻はまだ七時前だ。

「今日は朝から会議で、その準備をしないといけないんです。じゃあ」

笑顔で小さくお辞儀すると、坂道を下り始めた。下の駐車場に車が停めてあるのだ。葉子は、毎朝、自分で運転して大阪に出勤する。

めぐみは自転車通勤だ。この時間はまだ寝ているかもしれない。

「お弁当！」

いきなり家の中から大声が聞こえた。その声に、しまった、という顔で葉子が立ち止まる。

光司が外に飛び出して来た。手にはランチボックスを持っている。

「ああ、ありがとう」

お弁当を受け取ると、葉子は、改めて照れたような笑顔を櫻子に向けた。

「行ってきます」

光司に手を振り、足早にまた歩き出す。

「なあ、光司さん」

家に戻ろうとする光司を、櫻子は呼び止めた。

「あんた、毎朝弁当作ってんのか？」

「作ってるよ」

「めぐみちゃんの分も？」

「そらそや」

「ママやなあ、あんた」

「僕が一番暇やからな」

笑顔でそう言うと、光司は、いったん家の中に引っ込んだ。

今度は、石を載せたワゴンを引っ張り出す。

『ラピスラズリ原石（アフガニスタン・マーダンチャー鉱山産）　一個千円～』。

これまで、ラピスラズリがワゴンに載っているのを見たことはなかった。どうやら光司の心の中でも、事件に決着がついたようだ。

すると、家の中からパタパタと足音が聞こえてきた。

「お父さん」

言いながら、ひょっこりめぐみが顔を出す。

「ああ、サクラさん、おはようございます」

寝起きらしく髪はボサボサだが、笑顔は清々《すがすが》しい。顔立ちは葉子に似ている。光司に似なくてよかったと思う。

「おはよう、めぐみちゃん」

櫻子も笑顔を返した。

「食パンがないいんやけど、どっかに買い置きしてあるの？」

「あるある」

光司は、ストックしてある場所を教えた。すぐにめぐみが家の中に引っ込む。

「あとで、お昼食べに行くわ」

櫻子に向かって声をかけると、光司は、めぐみに続いて家の中に入った。

——さて。

光司には劇的な変化が起こったが、自分はいつもと同じ一日の始まりだ。

——今日も変わらず、穏やかな日でありますように。

天を仰ぐと、櫻子は、桜舞う空に向かって大きく一度伸びをした。

あとがき　〜「マッチ箱博物館」とSさんへの謝辞にかえて

「マッチ箱博物館」は、本物の鉱物や化石、隕石、宝石などを、マッチ箱の形状をした小箱の中に詰めた商品です。

箱の表面には素敵な絵が描かれ、裏面は小窓がくり抜けるようになっており、そのままコレクションボックスとして飾ることができるという優れモノです。初めて実物を見たとき、このアイディアはすごい、と思いました。現在、ネット通販はもちろん、一部書店や、全国各地で開かれるイベントなどで販売されています。

「マッチ箱博物館」を作り、その「館長」となっているのがSさんです。

実は、この作品は、Sさん抜きに語ることはできません。

Sさんと初めて出会ったのは、今から三十七年前――。インドネシア・バリ島のマーケットの中でした。

Sさんは、脱サラしてたったひとりで新しく事業を始めようとしており、「火山性ガラス」なるものを探しにジャワ島中部に向かう途中でした。私のほうはといえば、二年近くにわたる世界放浪を始めたばかりで、東南アジアを旅して回っているところでした。

少し話しただけで、ずいぶん変わった人だなと思いました。どこか浮世離れしていて飄々としたその感じは、実は作中の登場人物にも反映しているのですが――、私に対してSさんも同じように感じたらしく、同年代の変わり者同士、なんとなく意気投合し、それからいっしょに行動するようになりました。わずか数日間ではありましたが、長い旅の間でも、とても印象深い、楽しい時間を過ごしました。

その後私は、旅先からときどきSさんに手紙を出していたのですが、中米を旅していたとき、ノートや住所録を入れていたバッグを盗まれてしまい、連絡を取ることができなくなってしまいました。日本に帰ってから再会するのを楽しみにしていたので、そのときは、かなり落ち込みました。

帰国してからは日々の生活に追われ、Sさんのことは、記憶のはるか彼方に消えかかっていました。

某出版社の社員から電話がかかってきたのは、今から八年ほど前のことです。私は本名で小説を書いていますから、名前を憶《おぼ》えていたSさんが、出版社にいる知り合いを通じて連絡をくれたのです。驚きと嬉しさで、私は小躍りしました。

私たちは、新宿のゴールデン街で再会を果たしました。Sさんは、起業し、会社を興し、事業を成功させていました。それだけではなく、鉱物や化石、天然石のコレクターでもあり、特に作中にも登場する「虫入り琥珀《こはく》」や、現在博物館でも入手困難なため「幻のアメジスト（紫水晶）」とも称される「メキシコゲレロアメジスト」のコレクションでは、世界屈指といわれる存在になっていました。

再会の数年後、Sさんが会長を務める会社にお邪魔し、そのコレクションを見せていただきました。様々な種類とおびただしい数の「石」を前に、こんな世界があるのかと、私は、ただただ驚いていました。「マッチ箱博物館」のことを知ったのもそのときです。

Sさんは、唐突に漫画家のつげ義春《よしはる》の話を始めました。会社がある場所と同じ地域に住んでいるというのです。

作中でも紹介しているので、本編を読んだ方には繰り返しになりますが――、つげ義春は、主に一九六〇年代から七〇年代にかけて芸術性の高い作品を描き、今でもカルト的な人気がある漫画家です。実は、一時期、私も彼の作品に夢中になったことがありました。

Sさんがつげの話をしたのは、ご近所さんだからというだけでなく、彼の作品の中に「石を売る男の話」があるからでした。『無能の人』という、河原で拾った石を売ろうとする男の話です。

会社を辞したあと、改めてつげ義春についてネットで調べてみました。すると、つげのこんな言葉を見つけました。

「病気にもならずに、現在の世の中にしっかり適応している人を見ると、不思議でならない」

それを見たとき、すぐに小説のアイディアが浮かびました。「石を売る男と、この世の中からこぼれ落ちてしまった人たちが触れ合う」話です。

つげの言葉は数十年前のものですが、それは間違いなく、そっくりそのまま現代にも当てはまるでしょう。家庭や学校や会社や、世間が定めた常識に適応できず、心を病む人は増え続けています。

執筆を決めてから「石」について自分で勉強し、それなりに知識は得たものの、私は専門家ではありません。Sさんと「マッチ箱博物館」の監修と協力を得て、この作品を書きました。

当初の構想からは少々ズレて、収録された四編の中には、ミステリーやサスペンスタッチの作品もありますが、(元精神科医の)「石売りの男」が、心を病んだり、世の中の中心から少し外れた人たちと関わり合う物語であることに変わりはありません。

――三十七年前バリ島でSさんと出会っていなければ、

――八年前に再会していなければ、

――Sさんが「石」のコレクターになっていなければ、

――そして、Sさんがつげ義春の話をしなければ、
この作品は生まれていません。

つくづく、人生で起きることは偶然（もしかしたら全て必然なのかもしれませんが）の積み重ねだと感じます。


Sさんのコレクションの中で私の一番のお気に入りは「虫入り琥珀」です。

それは、人類が誕生するはるか以前にこの世界に存在した昆虫が、樹脂の中に閉じ込められ、そのままの姿で固まったものです。一億年近く前に起きたことが、目の前に提示されているのです。Sさんはそれを「永遠のタイムカプセル」と呼んでいました。まさにその通りだと思います。

余談ながら、琥珀には、琥珀色をしたウィスキーがよく似合います。

テレビやパソコンやスマホの電源を切り、静まり返った部屋で、琥珀色の液体を舐めながら、「虫入り琥珀」の表面を研磨布で磨きます。透明度を増した琥珀の中に虫の姿が浮

かび上がってきます。

グラスを傾けながら、騒々しい世間のことは一切忘れ、しばし太古の昔に思いを馳《は》せます。私にとっては至福の時間です。

次々に開発されるツールや、更新されるプログラムに追われ、私たちには過去を振り返る余裕がありません。それが心をすり減らしている原因のひとつではないかと思うときがあります。

現代人に必要なのは、もしかしたら、はるか遠い過去を思う想像力なのかもしれません。

*

●作中の京都弁の添削は、今回も中木屋有咲《なかきやありさ》氏にお願いしました。この場を借りて厚く御礼申し上げます。

●哲学の道の範囲については、銀閣寺《ぎんかくじ》参道から若王子《にゃくおうじ》神社までの一・五キロメートルを指す場合と、参道から西に延びる銀閣寺道を含めた一・八キロメートルほどを指す場合がありますが、本作では前者を採っています。

●参考文献

『手洗いがやめられない　記者が強迫性障害になって』佐藤陽《さとうよう》著　星和書店刊
『自閉症の僕が跳びはねる理由』東田直樹《ひがしだなおき》著　KADOKAWA刊
『転移／逆転移　——臨床の現場から——』氏原寛《うじはらひろし》・成田善弘《なりたよしひろ》編　人文書院刊
『恋愛依存症の心理分析』ピア・メロディ、A・W・ミラー著　水澤都加佐《みずさわつかさ》訳　大和書房刊

その他、インターネットのコラム・記事などを参考にしました。

※この物語はフィクションであり、実在する人物、団体、事件などには一切関係がありません。

○初出

雪の訪問者　「小説宝石」２０２３年10月号
桜舞い落ちる、散る　「腰痛に囚《とら》われた男」改題
カラスの数は　「小説宝石」２０２４年５月号
ラピスラズリの悪夢　「小説宝石」２０２４年９月号
書下ろし

本書収録に当たり加筆修正しました。

光文社文庫

文庫書下ろし&オリジナル
京都《きようと》哲学《てつがく》の道《みち》　こころばえの石《いし》売《う》る店《みせ》で
著　者　大《おお》　石《いし》　直《なお》　紀《き》

2025年3月20日　初版1刷発行

発行者　三　宅　貴　久
印　刷　新　藤　慶　昌　堂
製　本　ナショナル製本

発行所　株式会社　光　文　社
〒112-8011　東京都文京区音羽1-16-6
電話（03）5395-8147　編　集　部
8116　書籍販売部
8125　制　作　部

ISBN978-4-334-10575-4　Printed in Japan

組版　萩原印刷